산에서
묻 고

산에서
듣는다

산에서 묻고

산에서 듣는다

임승택 지음

이담
Books

머리말

산행기를 쓰다 보면
내게 주어진 공간은 제한되어 있었다.
그것이 내게는 1,500字였다.

내가 쓰는 글에
숫자의 제약이 의미 있겠냐?
부족하면 더 쓰면 되고
아쉬우면 페이지를 늘리면 되는 것을……
그런데
나는 그 제약조차 거부하고 싶지 않았다.
그것이
산행기를 쓰는 이 작업과
어떤 인연이라는 생각 때문이었다.

인연이란?

모른다.
솔직히 잘 모른다.
그 깊은 뜻을 내가 모른다는 말이다.
그런데도 인연이라 감히 말한다.

그렇다.
인연? 그리고 스스로 던지는 질문이 있다.
내가 1,500字 제약을 거부했다면?
100여 회 산행,
산행기는 가능한 일이었을까?
모를 일이다.
그런데도 가능케 한 힘은 무엇일까?

거듭거듭 생각해봐도
답은 '완성, 쉽지 않았을 것이다.'
혼자 이룬 것이 아닐 것이라는 사실이다.

어쩌면 내게
자유란 제약 틀 속에서
얻어지는 것 아니었을까 생각한다.

고통 속에
얻어지는 최고의 감동처럼,
인과를 설명할 수 없는 역설이 있나 보다.
피땀의 결과인 소득보다
과정에서 느끼는 의미가 큰 것처럼 말이다.

산행을 시작한 곳은 낯선 땅,
한 번도 중도 포기한 적 없는 산행

누군가 도움 없이 가능한 일일 수 있을까?
그것은 기적 같은 일이다.
그 때문에 내 의지만의 결과라 할 수 없다.
그래서 인연이란 말을 빌렸다.
산은 말이 없었다.
날 보고 오라 한 적도 없다.
그러나 늘 내려올 때면
산은 내게 한 보따리 기쁨의 선물을 주었다.

산은 생각이 멈추는 곳,
그곳은 알 수 없는 생각의 샘이었다.
산을 오르내리며 받아온 기쁨의 샘이었다.
눈은 풍광에 빠지고
생각은 육체의 고통에
두 손을 들어 항복하는 시간이 되면,
어둠 속 부르는 소리
가슴을 헤집고 나오는 마음의 소리가 있다.

잊은 적도 달라 한 적도
없는 영혼의 소리 명쾌한 답이 따라온다.
그것을 정리한 것이 이 책이다.
산에서
순리와 순응을 배웠다.
오른 만큼 산은 내려와야 한다.

오르는 길이 쉬우면
내려오는 길은 그만큼 힘들고 험하다.
정상은 머무는 곳이 아니다.
고려엉겅퀴,
투구꽃, 앉은부채,
용담, 하늘말나리, 며느리밥풀꽃
하나하나
색과 빛깔과 이름까지
예쁘고 아름다운 우리 강산 우리 꽃.

두더지,
오소리, 멧돼지……
사람이 도시와 마을에서 살아가듯,
산속 나무와 숲 속에
그들도 터를 잡고
흙을 헤집고 먹이를 찾고
새끼를 낳고
가족을 이루어 살아가고 있었다.
언제부턴가
새소리에 귀먹은 척
산짐승을 보고도 못 본 척한다.
배낭 뒤에
작은 워낭으로
아는 척 인사를 대신할 뿐이다.

2012. 10. 27. '천보재'

차례

첫 번째 편지

불곡산

(470m, 양주시)

'공기청정기'
관사의 방 한쪽에 놓인 청정기가
눈에 들어왔습니다.
문득 청정기!
그래, 그런 게 있었지.
아마도
그것이 필요 없는 환경
깨끗한 자연 속에 살다가
새로 옮겨온 곳의 변화를 공기청정기로
인해 절실히 느낀 것입니다.

경기 2청,
환경의 변화가
일상적인 것조차
새롭게 보이도록 합니다.

굳이
고산 윤선도의
'오우가(물, 돌, 소나무, 대나무, 달)'를 들먹이지 않더라도
변치 않는 벗(인간)보다
산과 바위(자연)가 아니겠는가 합니다.

첫 토요일
청 동료들과 계획한
불곡산 산행.
산행을 마치고 간담회장,
(전통)순댓국밥집으로 이동합니다.

여기는
흑산 홍어, 목포 참조기
영광 덕자, 완도 전복
고흥 삼치, 보성 참꼬막
여수 용서대, 순천 능이
구례 송이버섯은 없습니다.

막 내려온 산을
되돌아봅니다.
해발 470m
산행거리 7.5km
소요시간 3시간 30분,
높지도 크게 험하지도 않지요.
그런 중에 느끼는 감
참 짜임새가 있습니다.

걷고, 오르고, 탈 수 있고
볼거리, Story가 있는 산
산의 맛과 멋을 다 갖춘 산,
양주의 '진산'
과연 공감하지 않을 수 없습니다.

산행 중
처음으로 만난 바위
아름다운 정상 상봉,
거기서 보았던 '임꺽정봉'
이정표에서 읽은
'임꺽정 생가'
꺽정봉 바위 앞에 있는
긴 세월 풍우를 이겨낸
노송의 기개가 넘칩니다.

산적 떼「도적질」을 보았을까?
의적의 신출귀몰한
소설 같은 활동을 보았을까?
모르겠습니다.
소나무도 답이 없습니다.
다만 혼자 생각해봅니다.

도적 없는 세상
범죄 없는 세상
국민이 편안한 세상
경찰이 필요치 않은 세상
꿈같은 세상을 그려봅니다.
전보다 더
긴장되는 나날입니다.
수도권의 치안은 물론 다르리라
생각은 했습니다.

다양한 언론매체
각종 상황에 예민해집니다.
다행히 과·계장 직원 모두가
그렇게 속도감 있게
움직이는 것도 보았습니다.

관련 보도 하나하나에
같이 긴장하고
같이 좋아하고
같이 걱정하고 대처하는,
한마음 한 생각으로 움직이는
경기경찰의 진면목을 보았습니다.
그러면 되겠다는
믿음과 신뢰를 갖게 되었습니다.

여기도 산이 있을까?
여기도 스님이 있을까?
여기서도 통할 수 있을까?
답은 모두 '기우였다'입니다.

새 청사
공사는 잘 진행되고 있었습니다.
임시청사로 인해 입는
마음의 상처와 자부심을
보상받는 날이 얼마 남지 않았습니다.
마음의 준비를 해야 합니다.
최고의 경기경찰
국민의 경찰이 되겠다는
전과 다른 다짐 말입니다.

먼저
의무위반 행위 없는
'명예로운 경기경찰'을 제안합니다.

'청렴동아리' 활동
나의 경험적 고백입니다.
그들의 '자율과 긍정의 마인드'를
신뢰하고 높이 평가하고 있습니다.
경기경찰, 명예경찰의
원동력이 될 수 있습니다. 기대합니다.

세상에서
가장 소중한 선물 셋
소금·황금·지금
어떤 것을 선택하시겠습니까?
성공하는 사람은 '지금'을 선택하는 것입니다.

과거의 실패도
미래의 원대한 꿈도
'성공'을 원한다면
지금(현재)에 집중해야
실패를 넘게 되고
지금 실천해야 성공할 수 있다고 합니다.

2011. 12. 3.

18

두 번째 편지

도봉산

(739.5m, 서울 도봉구)

아직은 내게
'산은 산이 아닙니다.'
산은 친구이고
산은 때론 스승이 되고
산은 나를 도와주는
후원자이기도 합니다.
가끔은 친구를 데리고
올 수도 있는 나의 집이 됩니다.

사랑이 있고
위안이 있는
어릴 적 나의 집처럼,
생각할수록 감사한 집입니다.

나의 집에
아름다운 명품 소나무가
가득한 것을
오늘 보았습니다.

거대한 바위에
뿌리를 박고 생명을
불어넣어 산의 정상,
그 위엄을 완성합니다.

흙도, 물도 한 방울
어림없는 바위틈에
세월의 뿌리를 내리고
경이로움이 무엇인가를
내게 보여줍니다.

부러진 가지
상처 입은 그대로
측은도 하련만 아랑곳없이
나무는
멀리 검은 그림자
삼각산 백운대와
운명의 벗이 되어
아름다움을 완성합니다.

원하는
누구든 같이 가자,
산이 그리운 사람은……
산은 '도봉산'
산행거리 11km

소요시간 6시간 20분
첫 번째 목표 '사패산'
(550m, 양주시 장흥)
선조 임금님이
귀하신 여섯째 공주님을
시집보내며 딸과 부마에게
하사한 땅(산)이란 데서
유래된 이름입니다.

정상을 내려와
사패 능선, 포대 능선
산길을 걷습니다.

문득 눈에 뜨인 '서릿발'
(흙 속의 습기가 영하의 기온에 얼어
흙을 들고 솟아올라 온 작은 얼음 기둥)
추운 날씨(영하 7도)입니다.
겨울이면
동네 뒷동산에서
흔히 보았던 '서릿발'을 보았습니다.

산길에
만나는 '계단',
사람을 위하고

산행을 편케 하려고
만든 계단 옆에는
사람들이 만든,
사람들이 다니는
다른 길이 있습니다.

시멘트 둥근 통나무
비싼 돈이 들어간 계단,
사람들은 그 인조계단을
밟지 않습니다.
산과 조화롭지 않기 때문입니다.
배려와 정성이 없습니다.

'자운봉' 가는 길
발이 절로 따라가는
계단을 보았습니다.
눈보다 발이 먼저 찾은
'토막'을 돌 중간 중간에
무질서하게 박아놓은 계단,
무심하게 생각했던 토막을
내가 밟고 갑니다.
발이 편하고 좋은 것을
먼저 알고 밟아가고 있었습니다.

도봉 정상을 지나고
오봉 여성봉을 지나
하산길 곳곳에도
토막을 박아놓은 '토막계단',
인체구조 공학
사람 배려와 정성까지
담긴 토막계단 앞에
나는 감동을 받았습니다.

경찰의 국민중심 치안,
국민을 향한 배려와 정성이
눈과 귀가 아닌 마음이
먼저 알고 느낄 수 있는
국민중심 치안을 간절히 기대합니다.

완주의
마무리는 여성봉입니다.
누구는 '자연이 오묘하다'라고
말하고
듣는 이는 한눈에 '그래!' 하고
실감합니다.

남성을 상징하는
바위들도 있습니다.

장흥 천관산 양근암,
진도 앞 섬 정상에도
그런 양근석이 있지요.
신도 끼가 있었나 봅니다.

도봉산 여성봉,
영암 월출산에 가거든
구정봉에서 천황봉 길목
'베틀굴'을 한번 보고
견줘보기 바랍니다.

어떤 산신이 영험할까?
신들도 자연을 조각하며
명품 경쟁한 것은 아닐까?

양평해장국집,
17시 어둑어둑한 시간
지친 모습들.
서너 번에 나누어 해야 할
도봉산 일주 산행(11km)을
한 번에 끝냈습니다.

사패산 등산으로 알고 따라나섰다는
원성 아닌 원성의 말도 나옵니다.

저는 압니다.
산을 마친 사람의 말,
정이 담긴 말인 것을
잘 압니다.

2011. 12. 10.

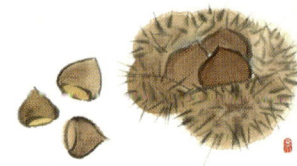

26

세 번째 편지

수락산

(637.7m, 남양주 별내면)

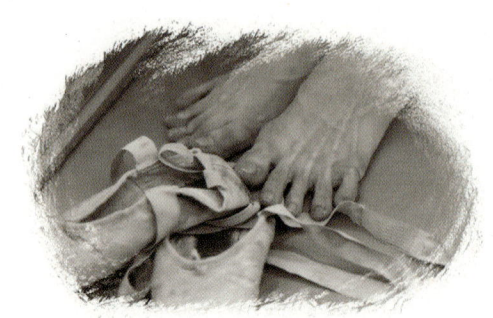

하루가 지난 신문
그 속 흑백사진 한 장.
비틀린 발, 못생긴 발톱,
기형인 발가락,
여성 발레리나의 사진이
내 눈길을 잡아끕니다.

사진 설명과 기사를
읽어 내려가는 동안
오싹한 전율을 느낍니다.

'중력을 거부하는 듯 사뿐사뿐 날아오르는……'
이 말 뒤의 피나는 연습,
최고 춤꾼의 숨겨진
단면을 조금은 이해할 듯합니다.

한 장의 사진만으로
가슴 뭉클해지는
삶의 이야기를 보여줍니다.
국립발레단,
무용수 김주원의 삶에
대한 기사(Why)였습니다.

바위를 뚫고
뿌리를 내린 노송,
철갑을 두른 듯 세월의
무게가 예사롭지 않습니다.

그러나 더욱
의문이고 감동인 것은
왜
바위에 터를 잡았을까?

어떻게 물은 찾았을까?
불가능을 택한 이유는?

생명력의 위대함이여,
불가능을 모르는 시간.
생명 있는 모든 것의
인내와 끝없는 그 노력.
너무도 강인하고
너무도 기이해서
너무도 아름답습니다.
바위틈 솔뿌리
하나에서 보고 배우는
소중한 가르침입니다.

수락산 바위 곳곳,
이런 기적의 소나무를
어렵지 않게 찾을 수가 있습니다.
그것도 산이 산을 찾는
사람에게 주는 축복입니다.

환한 해님 얼굴
스마트폰의 '기상' 사이트.
오늘의 기상(의정부)
-4°C, -12°C, 바람 2m/S.
이중삼중의 탄탄한 방한복에도
살 속까지 파고드는 바람,
역시 겨울다운 겨울
반갑습니다.

수락산 아래
'석림사'
절의 영역임을 말해주는 일주문 앞,
이십여 명 동료들
둥그렇게 모여
산행 전 몸을 풉니다.

겨울산행
추위로 위축된
근육과 관절,
충분한 준비운동이
사고예방의 첩경입니다.

물론 눈 내린 산은 아이젠,
나이 든 사람에겐 스틱,
산행 후의 정리운동,
역시 필수입니다.
영하 10도의 추위 속
6.2km, 2시간 30분 산행.
즐겁고 무사하게
마침을 별식 옻닭으로 자축합니다.
산행 중
창문바위, 기차바위, 깔딱고개,
코끼리바위, 독수리바위는
수락산에서 만난 이름들입니다.

한번 비교해봅니다.
'장불재(무등산, 부처의 누운 모습의 고개)',
'코재', '눈섭재
(지리산, 화엄계곡 '노고단'에 오르는 길의 깔딱고개 이름들)'

'상왕봉
(완도, 해상왕 장보고, 왕 중의 왕 코끼리에 비유한 정상)'
느낌이 다르다는 생각을 합니다.

좀 '가볍다'는
아니더라도 수락산의 '철모바위'
도봉산의 '호빵바위' 같은
이름이 주는 감정의 빈곤함
한번 생각해봅니다.

수복지구(38선 이북, 전쟁으로 되찾은 우리 땅)
연천, 태풍전망대
방탄유리를 통해 본(적 GP와의 거리 800m)
북녘 땅,
북방한계선의
철책 너머 황량하고
스산한 북녘 산과 임진강.
그날 따라
바람은 왜 그리 차갑던지
설운 감정 아니라도 눈물이 납니다.
그러나 눈물을 닦을 수는 없었습니다.

1968년 1월 21일
북괴군 특수부대,

대통령을 공격하려고 청와대까지 왔던

김신조 그 일당이

바로 저 아래 임진강을

따라 침투했다는 설명,

40년 전의 역사가

오늘 일처럼 떠오릅니다.

춥다고 춥다 할 수 없는

눈물이 난다고 흘릴 수가 없는 이유입니다.

수복지구 접적지역

사람을 볼 수는 없습니다.

군인은 볼 수가 있었습니다.

2011. 12. 17.

네 번째 편지

왕방산(1)

(737m, 포천)

새벽녘
어렴풋한
스님 도량석(새벽 예불 전, 경내를 도는 목
탁 소리)에
문득 눈을 떴습니다.
그러나
따뜻한 방바닥 온기에
지고 만 내 게으름 탓으로
도로 눈을 감고 말았습니다.
얼마쯤 시간이 흘렀을까.

다시
잠을 깨우는 가래질 소리.
꼭두새벽
누군가 어제 내린
눈을 치우고 있습니다.
마냥 게으름을
탓만 할 수가 없습니다.

귀모자에 장갑까지 중무장을 하고 밖에 나오니,
어둠 속
하늘은 푸르고
별은 하늘에 수를 놓고
아름다운 새벽하늘은
내 넋을 빼앗습니다.
파란 하늘과 별과
눈을 쓰는 처사님과 나그네
한 폭 그림이 됩니다.

왕산사(통일신라 말, 도선국사가 창건)의
중창주
왕산 법해 스님,
국화꽃
꽃잎을 말린 꽃차,
국화차를 내놓으십니다.

스님이
태어난 곳은 공주.
세상이 다 어렵던 60년대
철모를 12살 나이에 상경,

어느 날
꿈에 나타난 부처님.

"(김)주식아!
너는 세상에 할 일이 없다.
너는 도를 닦아라!"
소년은
이후로 몇 번의 꿈에
나타나는 이적(기적),
꿈을 이길 수가 없었다고 했습니다.
소년 출가 스님,
전생과 윤회를 믿는다 하십니다.
죽기 전에 이생의 모든
욕망을 털어내고 가라!
(욕망을 버리기 위해)
덕을 많이 쌓아라!
목마른 이에게
물 한 그릇도 '공덕'이다.

공덕이
(죽음, 다시 태어남)
두려움을 없애는
길이다 하십니다.
문제는 실천이라 했고
실천은 어렵다고 하십니다.
말이 더 어려웠습니다.

정리하면
'공덕 쌓기' 요즘 말로는 '봉사'입니다.
'참 봉사는 죽음의 공포도
이길 수 있다'는
법문을 하신 것입니다.
왕방산
등산로 초입
가래질로 눈을 밀어냅니다.
하얀 눈 위로 선명한
길이 생겨납니다.
혼자 취해서
가만히 미소를 짓는데
젊은 청년이 산에서 성큼성큼
내려옵니다.

"일찍 산에 다녀오십니다."
"예!"
"어디 사십니까?"
"호병골에 삽니다."

왕방사,
도선국사가
서기 877년 절을 창건하자
신라 헌강왕이 친히 방문한 절,
왕방사(왕산사) 유래입니다.

스님 말씀이
절터 발굴 당시
용트림 무늬(왕의 상징) 막새기와 둘,
'왕산사'란 암키와 출토 물증입니다.
청년이 산다는
'호병골'은
왕을 경호한 병사들이
머문 곳이란 증거,
명예로운 이름입니다.

산의 소나무,
아름드리 노송이
군락을 이루고 있습니다.
한 사람씩 수령을 말합니다.
5~60년이 대세입니다.
(조금 짧다는 생각)
이유는 6·25 전쟁 때
북괴군의 주요 진격로
(연천-포천-의정부-서울)였다는 데 있습니다.
일리가 있습니다.

그러고 보니
올해 최대의 사건

「18일 적장 김정일의 죽음」
「28세 청년 김정은의 세습」
그리고 정신 나간 남쪽의 지대한 관심은
또 하나의 독재자를
만들고 있는 것이 아닌가?
하는 두려움입니다.
잊지 말아야 할 것은
그들은 적화통일을 위한
반민족 반인륜적
전쟁을 도발했고,
「왕권 세습」이란 사실입니다.
지면이 아깝습니다.
강윤철 순경이
준비한 김치는 달았습니다.
아내도 아닌 어머니가 담근 김치

정성이 들어간 김치였습니다.
한정식 최고 메뉴
전라도의 익은 김치만 했습니다.
그는 아직 총각입니다.
어머니가 담근 김치는
PIZZA STYLE 부침개(전)와는
다른 전통의 맛이었습니다.

2011. 12. 24.

다섯 번째 편지

오봉

(660m, 송추~망월사)

산뿐 아니라
모든 사물은 보는 방향,
각도에 따라 다른 모습,
하물며 산이야.

2주 전의
사폐산 포대 능선
자운봉, 여성봉 코스를
역으로 송추계곡, 오봉,
자운봉, 망월사 코스
8.5km, 4시간 30분,

혼자서 올랐습니다.

미끄럽지 않을 만큼
참나무 아래로는
하얀 눈이 쌓여 있습니다.
산은 보는 이의 눈을
황홀하게 합니다.

44

날씨는 영상
바람도 없고,
다만 올라온 지
한 달이 다 되도록 맑은 하늘을 보지 못한 답답함,
역시 오늘도 회색빛 하늘이 한 가지 아쉬움입니다.

지난주
김덕기 총경(79년 간부후보생 27기 임관)의
정년퇴임식이 있었습니다.
나이가 차면 당연한
퇴임이려니 생각하지만
많은 경찰관 중
동료의 축복 속에
명예로운 정년을
맞기가 쉽지는 않습니다.
제 31년의 증언입니다.

송경 정년
12. 2_ 경기지방_ 제2청

32년 봉직
다섯 번의 경찰서장.
영예롭기도 하지만
지휘관으로서 겪는
가슴에 담고 갈 많은 사연들,
말로는 다 못 할
그 무거운 짐을
막 내려놓은 것입니다.

6·25 동란 중에
태어난 세대,
국가는 최악의 전쟁
폐허와 죽음과 상처뿐인,
희망과 꿈은 생각할 수조차 없던 시절
그런 암담한 세상에
내던져진 불쌍한 세대,
그 세대가 지금
60의 나이가 되었고,
나라는 다시 일어났고
세계 10위권의
경제대국이 되었습니다.

경찰,
식민지시대
민족탄압, 인권탄압,
민주타도의 폭력경찰은
인권보호 국민의 경찰로 발전했고
선진 민주경찰이 되었습니다.
이 모든 변화의
핵심에 바로 6·25세대가
자리하고 있습니다.

분명 그들은
고난과 역경을
성공과 희망의 미래로
만든 세대,
김 선배의 세대입니다.
산에서
누군가 말합니다.
'지금 소나무와 참나무가 전쟁을 합니다.'
무슨 말일까?
설명은 이렇습니다.

이 땅의 소나무는
처음 산 아래 계곡까지
온 산을 차지하고 있었다.
언제부턴가
참나무가 들어오고
서서히 그들 영역을 넓혀
산의 능선과 정상부를 제외하고는
온 산을 참나무가 차지했다는 것입니다.

그러고 보니
소나무는
철갑을 두른 소나무는
산의 꼭대기에만
살아남아 있습니다.

영토의 넓이에 있어
소나무는 분명 주인의
자리를 내어놓았습니다.
물러나는 6 · 25세대처럼
보입니다.
살아남은
저 바위 위의 소나무는
이 전쟁에서 얼마나 버틸 수 있을까?
제 질문입니다.
'아마 지지 않을 것입니다.'
자신 없는 답?
혼자 다시 생각합니다.

참나무가
흙 없는 바위에
살아남을 수 있을까?
소나무처럼
바위틈에 뿌리를 내리고 살아남을 수 있을까?
내 질문의 답은 거기에 있었습니다.
전쟁의 결과?
흙도 물도 없는 산의 정상
바위를 누가 점령하느냐?
그게 답인 것입니다.

정상은
약한 자의 행운의 선물이
될 수 없습니다.
고통과 고난의 극한을
이겨낸 진정 강한 자의
몫이 아닐까? 생각합니다.
극한의
어려움을 극복하고
정상에 터를 잡은 소나무가
산의 주인이란 생각을 했습니다.

아름다운 소나무를
오늘 많이 보았습니다.

비바람
세월의 무게를 이겨낸
용 비늘
철갑을 두른 낙락장송
바위를 뚫고 뿌리 내려
산과 하나 되어
산을 아름답게 완성합니다.

2012. 1. 1.

여섯 번째 편지

상패동

(동두천)

오랜 습관,
아침 여섯 시면
거의 일어납니다.
운동하고 샤워를 하고
잠깐 명상시간도 갖는 여유도 부립니다.
출근 시간이
크게 소요되지 않는 게
참 다행입니다.

어느 날 아침
거울 앞에서 면도를 하며
콧소리로 '전선야곡'을
흥얼거리고 있었습니다.
어! 하고
스스로도 놀랐습니다.
평소 그런 일이 없었거든요.
노래를 못하기도 하고……

30여 년 전
민간인 보기가
그렇게도 어려웠던 전방
군 복무 시절,
아침저녁 수도 없이
불렀던 군가
그런데 지금 어째서?
콧노래로 군가를
흥얼거린단 말인가?

경기 2청 '접적지역'

엊그제
도봉산 중턱에서 만났던
산과는 너무도 어울리지 않는
수십 년 된 단단한 콘크리트 벙커

그것을 보는 순간
떠오른
북녘의 겨울 산과 강
그리고 총을 멘 병사,
이런 상황 환상들이
그렇게 군가를 흥얼거리게
한 듯합니다.

집 떠난 병사,
우리 곁에도
다른 모습 병사가 있습니다.
총은 들지 않았어도
얼룩무늬 군복도
검은 베레모는 쓰지 않았어도
군인과 똑같이
국가의 부름에 따른
전·의경들이 있습니다.

하루 식사 6,000원으로
세끼 밥을 먹고
연습 아닌 실전을 치르는
치안현장의 전·의경들이 있습니다.

때론 내가 해야 할 잔심부름,
함부로 한 거친 말,
하찮은 아이들로 보는 우를 범하지는?
혹 무관심의 눈으로 대하지는 않았는지…….

마음이라도
경찰관 형님·선배들이
따뜻하게 안아주어야 할
우리 경찰가족입니다.

이 시대
경찰의 화두는
국민중심, 인권보호,
사회적 약자의 보호입니다.
너무도 적절한
우리의 사명이 아닐 수 없습니다.
이 임무 자체가 행운이고 복입니다.

경찰관은 복 받은 사람,
수십 대 일의 경쟁을 뚫은
선택된 사람입니다.
왜 내가
부족하고 홀대받는다 생각해야 합니까?
왜 2청이 소외당한다는
생각을 하는 것입니까?
사치스러울 뿐입니다.
물론 제 생각 제 판단입니다.
('당신 말이 틀렸습니다' 하는 항의라도 받고 싶은 말)

지난 연말
청의 동료들과
동두천에 연탄 나르기
봉사에 갔습니다.

1,000여 장 연탄을 준비해서
목사님이 안내하는 집에,
혼자 사는 칠십이 넘는 할머니 집
처마 밑에 100여 장씩
연탄을 쌓아 드리고 왔습니다.

좁은 골목길
한두 마리 강아지라도
돌아다녔다면
그렇게 외로워 보이진 않았을 듯도 합니다.

아직도
주변의 도움 없이 살기
어려운 사람이 살고 있다는 것을
그때 알았습니다.
도시의 외진 구석에서
누구도 지켜보는 이 없이
죽어갈 수 있겠다는
생각이 들었던 것입니다.
신문에서 본
'일사 일촌'은
너무도 사치스럽다는
생각이 들었습니다.

일손 부족 아닌
의식주 자체를 누군가의 도움 없이
해결할 수 없는
주변이 있다는 것을 알았습니다.

소외된 사람
사회적 약자의 편에 선,
학교폭력과 장애인,
여성 성폭력 피해자의 편에 선
인권의 수호자 경찰은
너무도 숭고한 직업입니다.

강도 살인범을 잡는
강력계 형사 아니라도
경찰이면 누구든 할 수
있는 뜻있는 일,
경찰의 손과 발과 관심을
필요로 하는 곳이
우리 주변에 그렇게
많이 있습니다.

연말의 뜻하지 않은
큰 수확은

바로 소외계층, 경찰의 관심을
필요로 하는 곳을 찾았다는 것입니다.

2012. 1. 9.

일곱 번째 편지

행복특별시

(의정부)

길눈?
길눈이 좋은 사람은
한 번 운전한 낯선 길도
여러 번 다닌 사람처럼
잘 찾아다닌다.
특이하게
길눈이 좋은 사람을 본다.
그것도 복이다.

길눈,
타고난 사람도 있나?
나처럼 길눈이 없는 걸
생각하면 길눈이 좋은 건
분명 복이다.
길눈 좋은 사람과
동행하면 안심이 되고 편안하다.
사람에 대한 믿음까지
생기게 된다.

한수 이북 치안,
제2청의 위치는 의정부 시내에 있다.
벌써 50일이 되었다.
세월이 빠르다.
뭘 안 것 없이
뭐 해놓은 것 없이
치안 방향도 찾지 못한 채
시간만 허비했다는 생각이
문득 어둠처럼 불안함으로
밀려온다.

무엇이
남쪽과 다르지?
전남치안과 다른 것을
왜 아직 찾지 못하는 것일까?
거기서 오는 막막함,
이것은 무엇일까?
나만의 문제
2청 경찰관의 문제
국민이 내준
우리가 풀어야 할 숙제가 아닐까?
누가 내게
탁월한 '길눈' 같은
'지혜'를 줄 수 없을까?

1월의 해는
6시면 벌써 지고
도시는 어둑어둑하다.

혼자
두툼한 잠바를 입고
청사 문을 걸어 나선다.
누가 알아볼까 암행하듯.
이때는 동행이 불편도 하고,
혼자만의 시간
생각의 자유시간을 나눠 갖기 싫은 것이다.

영빈 빌딩을 돌아
의정부역 방향으로,
마침 사거리
파란색 이정표가 고맙다.
포천 방향, 경찰서 방향,
의정부역 이쯤 되면 결정했다.
얼마 전
지나친 행복의 거리,
활 쏘는 이성계 기마상,
중화요리 지동관,
의정부 대표음식
부대찌개 전문집 '양일식당'을 생각한다.

오늘의
1차 목표는
대물림한 양일식당이다.

햄, 소시지, 고기 다짐에
잡채, 매운 양념에 마지막
여주인의 생마늘 다짐
한 숟가락
듬뿍 넣어주던 그 식당,

맛은 주인아주머니
마늘 숟가락에 있는 것을
눈치챘다.
의정부역 맞은편은
행복의 거리 '도로공원'이다.

근육이 툭 하고
터질 듯한 말 엉덩이
말은 땅을 차고 뛰어오른다.

말 등의 이성계
활시위를 당기는데
화살은 이미 반쯤 날아간다.

·1942년 양주군 의정부읍
·1968년 의정부시
최초는 고구려 땅이었다.

매연이
가득한 중앙차로는
아스팔트와 차를 걷어냈다.
공원을 만든 것이다.
조각품을 세우고
소나무를 심었다.
사람과 자연이 만나는
공간이 된 것이다.

기마상 아래
동판기록은 이렇다.

'의정부'의 유래
·고구려 '매성군'
·통일신라 '내소군'
·고려 '견주'
·조선태종 '양주도호부'

'의정부'란 이름의 등장은

전통 제일시장을 리모델링,
외관과 고객까지 배려했다.
행복특별시란
이정표를 향해 바로
보고 가는 것을 보았다.

이정표,
차장의 이정표는
북부청 독립이 아닙니다.
그것은 주민과 2청 동료,
모두의 이정표입니다.

신청사 입주는
나의 이정표가 아닙니다.
8월이 되면
하지 말래도 되는 일
내 이정표에서 빼겠습니다.

·청렴동아리 활성화의 당당한 제2청
·국민 체감치안 제일
·긍지와 자부심의 2청을
나의 이정표로 삼겠습니다.

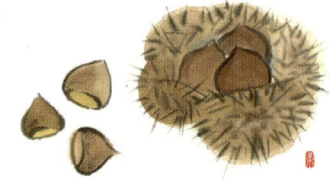

연말에는
행복특별 제2청
행복의 거리에서
우리 모두가 부대찌개에
양념 생마늘을 몇 숟가락

듬뿍 넣어 달래서
맵게 한번 먹어봅시다.
어깨 쫙 펴고 활개치듯
한번 걸어봅시다.

2012. 1. 16.

여덟 번째 편지

감악산

(675m, 파주시 적성면)

감악산 정상에는
당당한 고(옛)비가
하나 있습니다.

일명 감악산 고비
높이 170cm
너비 70~79cm의
기단 비신 개석(지붕)이 있는,
그러나 글자 한 자가 있는지?

있어도 읽을 수 없는
비문 없는 비석,
두 차례 학술조사에도 불구
신라 제5의 진흥왕순수비로
추정만 되는 감악산 고비입니다.

비명도 비문도 없는
그러나 말 없는 역사와
전설을 담고 있습니다.

요즈음의 비석
비신 앞뒤, 옆을
꽉 메운 어려운 한자
읽을 수도
읽는 이도 없는
화려한 흔한 비석들.

'몰자비'는
인간의 헛된 욕심을 경계하는 듯합
니다.

산 입구
토목공사가 한창 진행 중입니다.
산을 뚫고 산허리를 도는
'산복도로'를 만들어가는
이 길이 '통일로'가
되었으면 하는 마음속 기원입니다.

멀지않은 곳에
'개성공단'으로 가는 관문
CIQ가 있습니다.
거기서 개성까지는
차로 30분 거리입니다.

"오늘따라
산행에는 최적의 날씨,
바람도 없고
춥지도 않습니다"라며
시야만 좋았으면 하는 정 과장의
아쉬운 듯한 얘기,
그러나 맺음말을 못 합니다.
못 할 것 없습니다.

생각하는 대로
기대하는 대로
모든 조건 다 갖춰지면
누가 뭘 못하고
세상에 어떤 감동이 있겠습니까?

감악산,
까치봉, 쌍소나무, 정상 감악산비,
임꺽정봉, 장군봉을 일주하는
8km, 4시간의 산행,
정상에는 눈까지 있어
겨울산행의 맛을 한껏
느끼게 합니다.

수백 년 노송,
바위에 뿌리를 박은
그 위태롭고 의연함은
감동 그 자체.
산꾼의 눈을 놀라게 하고
발걸음을 멈춰
탄성을 지르게 합니다.

소나무는
연륜이 있어야 합니다.
거북 등 같은 세월의 두께가
사람을 감동시킵니다.

산은
있어야 할 곳이 있습니다.
도시는 있을 곳이 아닙니다.
파란 하늘과 같이 있어야 품격이 살아납니다.

감악산,
도시를 떠나 있고
통일로 가는 길.
파주, 양주, 의정부, 포천시를

아우르고
늙은 소나무가
주인처럼 산을 지킵니다.

조선왕조
도성의 5악(송악, 관악, 화악, 감악, 운악)으로 받들어
춘추로 제(별기운)를 올린 뜻을 알 만합니다.
산행 중 곳곳에는
친절한 안내문이 있습니다.
'삼국시대 이래 군사적 요충지'
낯설지 않습니다.

요즈음의 시멘트 '벙커'가
여기저기 눈에 들어오고
이는 역사의 사실을 증명하기 때문입니다.

군사적 요충지,
아직도 작은 싸움은 진행 중입니다.
감악산 675m(파주),
임꺽정봉 676.3m(양주)
두 비의 키 재기 싸움입니다.

하찮은 듯한
'숯가마쉼터' 파도같이 굽은
의자 위에 등을 대고 누워봅니다.

74

나뭇잎이 다 떨어진 낙엽송
잔가지가 보이고
그 끝에는 열린 하늘
하루의 산행, 지친 도시가
하늘로 날아갑니다.

남회근
『알기 쉬운 논어』 상권에
'시호' 이야기가 있습니다.
죽은 인물에게
국가에서 내리는 이름
또는 임금이 선왕에게
올리는 특별한 이름으로,
동양의 왕조국가에서만
시행된 제도였습니다.

죽은 후의
어떤 사람에 대한 평가,
거짓 변명이라도 하는 '인사청문회'보다 더한
'시호'
역사가 하는 인물평.

현직이 아닌
돈과 부와 권력을

다 내려놓은 뒤
나의 삶에 대한 종합평가
그것을 두려워합니다.

2012. 1. 22.

아홉 번째 편지

평화의 땅 걷기

(8km, 임진강 민통선)

'장단삼백'은
(장단)콩과 쌀
(개성)인삼으로
맑은 공기, 황토 흙과
자연이 살아 있는 장단군의
주요 특산물을 이르는 말입니다.

고라니가
마음껏 뛰놀며
사람 눈치 보지 않는 평화로운 곳,
'사람은 들어오지 마세요.'
(민통선) 철조망을 넘어
깨끗한 하늘
우리 땅에 들어갔습니다.
8km, 2시간 남짓,
청정자연을 만끽하였습니다.

통일대교 지나
한적한 논길을 따라
임진강 변에 도착하니
이완배 통일촌 이장,
민태승 파주시 문화원장님
두 분이 마중을 합니다.
인사를 나누고
임진강변 농로를 따라 걷습니다.

널찍널찍한 논
한 배미가 수천 평씩
논두렁이 없습니다.
남녘의
경지 정리된 다섯 마지기
논들과는 규모가 다릅니다.

추수가 끝난 들판은
재두루미의 쉼터
고라니(궁노루)의
운동장이었습니다.
눈치 보지 않는 태평함이 좋습니다.
노루에게 장난이라도 걸고 싶어지는
겨울 낙원을 보았습니다.

얼어붙은 임진강.
험하게 구겨진 얼음판은
무슨 일이 있던 것일까?
한참을 궁금해하다
결국 이장님께
질문을 던집니다.
아는 사람의 답은 간단합니다.

바닷물이 들고나며
얼음판을 깨고
다시 얼기를 반복하며
바닷물이
매끄러운 임진강 얼음판을
구겨진 도화지같이
만든 것입니다.
우리의 남북 현실을 본 듯해
씁쓸했습니다.

임진강변
둑길 농로를 따라
걷습니다.

갈대의 보송보송한
꽃솜이 나풀거리고
겨울바람에도 불구하고
따뜻한 햇볕으로
차가움은 느낄 수 없습니다.
그렇게 걷기를
한 시간 남짓,
임진강 작은 섬 '초평도'가
내려다보이는 '덕진산성'에 오릅니다.

삼국시대,
고구려, 백제, 신라가
주도권을 다투었을
군사적 요충지입니다.

어쩌면 삼국의
공동작품,
시간을 달리해
이 지역을 점령했던
병사들이 쌓고 또 쌓았을 해발 85m의
높지 않은 토성(내성은 석성)은
주변 야산과 들판의
가운데 위치해 있어
군사적 가치가 충분한
요새가 분명합니다.

지금은
울창한 참나무 숲에
가려져 있습니다.
격전의 현장답지 않은 '평화의 성'처럼 보입니다.
낮은 구릉지
곳곳에 인삼밭이 있습니다.
장뇌삼밭 울타리에
걸린 경고문
'CCTV가 작동 중입니다'를 봅니다.

농막과 트랙터가
눈에 들어옵니다.
사람이 살고 있습니다.
실향민의 고향이고
유학자 허목, 재상 한명회의
묘가 있다고 했습니다.

의성 허준의
묘가 발굴 복원되었습니다.

1991년 어느 날
장단면 하포리(광암동 선좌 쌍분-양천
허씨 족보와 일제 강점기 토지대장 확인)

지금 위치,
야산에서 부서진
비석 하나를 발견합니다.

'7월 17일
비가 와서 길을 떠나지 못하였습니다. …… 허준 배'
이양재(재미 학자)가
입수한 허준의 간찰(편지),
역사의 진실을
찾는 의미 있는 추적 결과
허준 묘 실체를 찾는
역사적 순간이었습니다.

임진왜란 중
피난 가는 선조를 끝까지 호송,
호성공신 3등을 받고
양평군의 작위를 받습니다.

비문의 판독 글자 6자
양평ㅇ ㅇ성공신 ㅇ준
용천부사 허론의 서자
'의성' 허준의 묘가
다시 빛을 보게 된 현장은
충격이었습니다.

술을

잔에 가득 부어

만백성의 질병 고통

헤아린 큰 뜻을 기립니다.

2012. 1. 30.

열 번째 편지

운길산

(610.2m, 남양주)

"할아버지!
벌써 산에 올라갔다
내려오시는 거예요?"
"그렇지 않고."
"연세는 어떻게 되세요?"
"75세지."
"네?"(모두 깜짝 놀랐다.)
"정말이세요?"
"85세까지는 나는 등산할 거야!"
(정상까지 아직 먼 지점, 혼자 내려오는 한 노인과 일행이 나눈 대화)

요즈음
소위 장수 만세 시대다.
경로당에 가면
80세 아래는 심부름하는
나이라 한다든가?

노인을

묶어놓는 산의 매력은?

노인의 삶의 철학은?

산이 노인께 준 답은?

산을 다시 생각게 한

화두의 산행이 되었습니다.

'입춘대길'

입춘방을 붙이는 대신

오늘 입춘 기념으로 운길산(8km, 5시간)을

오른 셈이 되었습니다.

'운길산' 유래,

구름이 지날 때

이 산에 걸렸다는 말 '운걸'을

구름 '운', 길할 '길'

사람의 큰 염원을 담았습니다.

'수종사' 유래

세조가 배를 타고

'두물머리'를 지나갈 때

운길산의 종소리를 듣고 확인하니

종은 없고,

바위에서 떨어지는 낙수가

종소리로 들렸다는 데서 유래합니다.

이를 상서롭게 여겨
'왕실사찰'을 지었다 합니다.

사람은 이렇게
상서로운 의미를 담고
밝은 내일을 기원합니다.
요즘 말하는
'긍정의 마인드'가
그렇게 담겨 있습니다.

영하 15도를
오르내리던 추위도
오늘따라
멀리 '두물머리'가 내려다보이는
'수종사' 쪽은
등산로가 추적거릴 만큼
햇빛에 눈이 녹아 있습니다.
겨울 등산 날씨로는
최적이었습니다.

'산 넘어 산'
여기지? 하고 보면
저기 또 앞에는 산, 산.
예봉산, 적갑산을 본 것이 아닙니다.
운길산 정상만을 향해 걸었습니다.

그러기를 몇 차례
다리가 멍멍할 때쯤,
먼저 간 일행이
약간의 공간을 찾고
물을 끓이고 있습니다.
언 두부를 익힙니다.
보온통의 정종을
종이컵에 한 잔 따르고
권합니다.

산에서 나누는 동료애, 계급이 뭐고
계급이 어디 있습니까?
준비하는 정순영은
두부 한쪽 제 입에 넣지를 않습니다.

그래도 행복한 얼굴
그 속이 아름답습니다.
진정 산꾼입니다.

'12년 경찰의 화두
그것은 '학교폭력 근절'입니다.
교육의 문제가 아니냐?
치안영역의 한계는? 하는 논란을 넘어야 할
상황이 되어 있습니다.

학부모가 아닌
사람이 어디 있습니까?
학생 두지 않은
가정이 어디 있습니까?
온 국민 온 가정이
걱정하는 문제입니다.
대통령까지
현장으로 나가는 상황 '국정과제'가 되어 있습니다.

'교통 사망사고 절반 줄이기'
초기의 논란을 다시 보는 듯합니다.
매년 500여 명의
사망자 감소를 보는 지금
확실한 교통경찰 영역임을
누가 의심합니까?
학교폭력 근절은
범죄예방 영역이고
틀림없는 치안 영역입니다.

주지 스님은
새 달력을 한 장 내놓고
초의선사가
'일지암'에서 올라오면
머물던 절이라고 했습니다.

고향 남양주에서
살고 있던 친구
(18년 유배지, 강진에서 만남)
'다산'을 기다리며
수종사에 머물 때 지은 시,

「한잠 자고 일어났는데
차 한잔 줄 사람 없을까

게을리
경서를 쥐고 눈곱 씻었네

그대가 여기 있는 줄 알고
이곳 수종사까지 오지 않았나」

초의선사 의순(1786~1866)

2012. 2. 4.

열한 번째 편지

회암사지

청산은 나를 보고
말없이 살라 하고
창공은 나를 보고
티 없이 살라 하네
사랑도 벗어놓고
미움도 벗어놓고
물같이 바람같이
살다가 가라 하네

나옹화상(1320~1376)

천보산(423m, 양주시)
정상 아래
우람한 노송 숲
오랜 세월 숨어 산 듯
수줍은 듯
세(3) 기의 부도와
검은색 사적비가 모습을 드러냅니다.

위엄과 단아함
부도와 사적비가
예사롭지 않습니다.

때마침
올라오신 스님,
고려 말~조선 초
회암사에 주석했던
지공, 나옹, 무학대사의
행적과 부도에 관한
역사를 설명합니다.
'청산은 나를 보고……'는
바로 나옹화상의
'선시'였습니다.

지금은
수백 년 폐허에 묻혀온
회암사지의 발굴 작업이
진행 중입니다.

언제 누구에 의해
왜?
파괴되고
소실되었는지 알 수 없는
역사의 비극에도 불구,

스님은 '시'로
현대 후손의 가슴속에 생생하게 살아 있습니다.
그나마 위안이었습니다.

어느 날
대왕 이성계와
왕사인 무학대사가
마주하고 앉았습니다.
아마도 여기 회암사가 아니었을까?
(왕은 재위 중 자주 이곳에 들렀다 했습니다.)

대왕이 말을 겁니다.
"대사님!
대사님 코가
돼지 코를 닮았습니다" 하자
대사 왈,
"대왕의 얼굴은
부처님 얼굴을 닮았습니다."

그러자 대왕이
"나는 대사를 놀리는 말을 했는데
어찌 대사는 날 보고
부처님을 닮았다 하시오."

무학대사 말씀,
"돼지 눈에는 돼지만 보이고
부처 눈에는 부처만 보이기
때문입니다."
아프가니스탄
탈레반의 만행을
세계인들은 기억합니다.

1,500년 전
2~4세기에 조성된
간다라 미술의 정수
세계 최대 석불(두 석불의 크기는 53m, 38m)
'바미얀 석불' 폭파 사실입니다.

8세기경
아프간 지역에
들어온 이슬람교,
유일신 '알라' 이외
다른 신(부처)을 인정할 수 없습니다.
이때 일부가 파괴되고,
칭기즈칸의 공격에
다시 파괴된
바미얀 석불의 운명,

그 마지막은
전쟁과 이슬람(종교),
자국민에 의해
완전히 파괴되어
한 트럭 분의 쓰레기가
되고 말았습니다.

배려와 이해 없는
배척과 증오의 비극적
결말입니다.

칠봉산(506m, 동두천)과 천불산(양주)
낙엽 진 참나무 숲
눈이 제법 쌓여 있습니다.
아이젠 없으면
어려울 듯한 산행길,
다행히 등산로에는
선명한 사람의 흔적이
있습니다.

누군가 눈 위에
낙엽을 뿌려놓았습니다.
4시간 내내
흙길을 걷는 편안함,

낙엽 밑에
간간이 보이는 얼음,
사람의 흔적임을 말합니다.
그것은 배려입니다.

산에서
만나는 반가움,
산새 울음,
아름다운 꽃,
바위와 천 년 노송,
정상에서 보는 위대한 산,
파란 하늘,
그리고 앞을 가로막는
바위에 박힌 철 계단,
사람이 만든 배려는
내게 용기와 힘이 됩니다.

통일신라
황룡사지를 능가하는 규모.
궁궐 대목장의 솜씨,
빛나는 영화,
왕명으로
왕사(무학)께 올린
용과 구름무늬 부도.

대사는
부도와 회암사지
천보산 솔바람으로
그렇게 살아 숨 쉬고 있었습니다.

무학은 나옹의 제자
나옹은 지공의 제자
지공은 인도의 승려
머나먼 이국땅
고려에 찾아온 구도자와 함께.

2012. 2. 11.

열두 번째 편지

운악산

(935.5m, 포천시 화현면)

산에서 얻은 지혜
누구나 한 번쯤 느꼈을
'산의 나무는 키가
하나같이 똑같다는 것.'

뿌리를 내린 곳이
능선이든 정상이든
멀찌감치 떨어져서 보면
산등성이 따라 자로 잰 듯
똑같은 나무들 키 재기,

사람 사는 것도
돈이 있거나 없거나
많이 배우나 못 배우나
결론은 도토리 키 재기.

열반하신
법정 스님 깨우침,

『무소유』 포함 모든 저작을
절판하라 한 속뜻은
그런 가르침을 말하고자 한 게 아닐까?

국도 47번,
시속 100km로
50여 분 시원하게 달렸다.
어제 누군가
'너무 춥지 않겠습니까?' 걱정스러워하던 말에
'정말 추우면 산 밑에서 그냥 돌아오지' 했던 나의 답변,
마음속으로는
'걱정 마세요' 하고 있었다.

영하 18도.
요즈음 기상청이
긴장해 근무하나 봅니다.

차창 밖으로
운악산이 눈에 들어옵니다.
산세가 예사롭지 않습니다.
가파른 오르막
눈이 하얗게 쌓여 있고
정상의 기운찬 봉우리
힘이 넘쳐납니다.

폰 카메라 셔터를 누르는 손은
먼저 알아챘나 봅니다.

출발지 운주사,
산행 시작 30여 분쯤
정상에서나 볼 수 있던 까칠한 '팔각정.'
호기심 많은 산꾼
그냥 지나칠 수 없습니다.
'무지치 폭포'를
아래에서 볼 수 있는
뜻밖의 선물.

겨울 폭포, 거대 빙벽
장관을 볼 수 있었습니다.

겨울나무 뒤로
보인 뿌연 그림자는
무지치 폭포,
말 그대로 장관이었습니다.

두 발은
주인을 무시라도 하듯
'네 맘 다 안다'는 듯
발걸음이 먼저 재촉합니다.
높이 700척 빙벽
(210m) 앞에 서니
폭포를 차고 오를 듯한
착각에 빠져듭니다.

누군가
작은 망치질,
빙벽 위에 박힌 핀,
빙벽 아래 모닥불 흔적,
등반 작업을 지켜본
동료의 근심 어린 마음처럼
손에 땀이 납니다.

폭포에서
정상 방향 1코스를 질러 오르자
나타난 '대궐터(궁예)',
어디지?
뭐가 있어?
아무리 찾아도
여느 골짜기처럼
돌과 울창한 나무뿐
사람의 별다른 흔적을
찾을 수 없습니다.
아무것도 없었습니다.

찾은 것은
'긴급연락 119' 안내판 뒤로
나무에 걸린 표지판
'대궐터',
권력도 영화도
다 허망하다는 사실
역사의 교훈을 보는 듯 서늘했습니다.

1,100년 전
분노한 농민의 가래에

온몸이 피투성이가 되어
피신한 궁예(신라 헌안왕 아들, 901년 철원에
태봉국 건설, 왕건의 고려국 창건의 발판)는
한때 한강유역을 장악했다.

자만 탓일까?
전제군주의 과욕 탓일까?
백성에 대한 가혹행위 결과
농민에 쫓기게 된 몸
이때 피신한 이곳
궁예성과 대궐터.
그리고 궁예가 최후를
맞았던 곳입니다(경기도지).

제1코스
(운주사 정상 애기봉 대원사/6.2km, 4시간 30분)
해발 937.5m
정상(가평)을 찍은 후
사전 답사한 양지 녘 구릉,
특별히 준비된 평상 위에
자리를 폅니다.

구운 고구마,
3년 묵은 복분자,

호박죽과 보온병 정종,
홍어 애로 멋을 부렸습니다.
가평 잣 막걸리가
뒤로 밀렸습니다.

문득 시선이
내 등산화에 꽂힙니다.
'02년 기동대장 때부터
10년 등반의 동반자.
감사하다는 생각에
가슴이 뭉클해집니다.

하늘은
유달리 파랗고 차갑습니다.
까마귀 한 마리가
멋진 비행을 합니다.

2012. 2. 19.

109

열세 번째 편지

천보지맥(1)

진한 감동 잔잔한 기쁨
산에서 감동을 얻으려면
좀 거친 산을 찾아야겠다.

산이 좀 높거나
바위가 아름답거나
깎아지른 바위와
소나무와 높은 산이
절묘하게 어우러지면
감동은 탄성으로 토해낸다.

높은 하늘
파란 바탕에
흰 구름 뿌려놓고,
울창한 참나무 숲은
박새가 따라오며 울고,
딱따구리
딱따구르 소리 들으면
눈과 귀는 신이 나고
산행은 더없이 즐겁습니다.

냉장고 속
고로쇠 물을
아침에 한 컵 따라 마시며
떠올린 봄맞이 생각,
천보산
회암사 계곡에서
처음 만나는 얼음은
바람 든 무처럼
벌써 푸석푸석 바람이
잔뜩 들었습니다.

소나무 그루터기에
붙은 이끼는
제법 푸른빛
물기를 머금었습니다.
머지않아 꽃대 올라오고
빨간 꽃망울 터트리겠지요.
봄이 곁에 와 있습니다.

늦은 점심 공양,
주지 지환 스님
마당까지 나오셨습니다.

공양간
방바닥 따뜻한 온기는
스님 미소를 닮았습니다.

스님과 마주한 식탁
김치, 호박조림, 도라지무침
다시마튀김, 삶은 양배추, 된장이 전부
조금씩 담겨 있습니다.

밥그릇조차
찻잔처럼 작은 그릇입니다.
참 소박하고
아주 정갈합니다.
스님 속을 들여다본 듯
미안합니다.
스님! 공양 잘했습니다.

절집 뒤
산허리에 있는
대한민국 보물 387호
선각왕사(나옹, 고려 공민왕사) 부도비를
보았습니다.

불에 탄
비신(몸체)은 박물관에
가 있습니다.
화마('97)에 금이 간
거북 등 기단과
원모습을 알 수 없이 깨져버린
형체의
귀수가 딱해 보였습니다.

화마!
산행 중에 보았던
'산불조심!'
자치단체장 경고문
3년 이하 징역,
1,500만 원 이하 벌금!
이하가 아니라
이상으로 다시
고쳐야 할 일입니다.

혼자 한 산행,
외롭지 않았습니다.
귀여운 박새가
반갑다 인사하는 듯
따라오며 울어댔습니다.

가끔은
생명체의 뛰어난
감각(죽은 나무껍질 속의
작은 벌레를 찾는 초능력)
을 봅니다.

벌레의 작은 소리,
움직임을 감지한 걸까?
냄새를 감지한 것일까?
역학적으로
이해할 수 없는
굴참나무의 성장능력
아래로 뻗던 가지가
수직으로 하늘을 향해

자라고 있습니다.

짐승이나 나무조차
제각각의 재주가
사람보다 못하지 않습니다.

어하고개,
임금 어, 아래 하
임금께서 가마에서 내렸다.
재미있는 지명입니다.

산천이 아름다워?
가마꾼 땀 좀 식히라고?
속을 알 수는 없습니다.
그러나
착한 백성은
이유를 묻지 않았습니다.
임금이 내렸다는 사실
그것만으로
아직도 충성스럽게 고개까지
깊이 수구려
'어하고개'라
부르고 있습니다.
순박한 '백의민족'입니다.

오늘
혼자 한 산행
13.4km 3시간 40분,
천보산, 회암령, 어하고개
백석이고개, 탑고개
산행은
마지막 탑고개 앞에서
석양을 뒤로 한 천보산
(임금이 전란 중 피신했던 산,
그 보답은 금은보화 대신 '천보산' 이름 하사였음)을
보는 것으로 마무리,

두 번 만에
새 청사 주산
천보산 기맥의 완주!
남다른 감동이었습니다.
혼자 완주한 것이
약간 아쉬움인 산행입니다.

역사는
내가 쓰는 것
역사의 주인공은 나다.
그 주인의식이
간절히 기대되는
2청 상황이기 때문입니다.

2012. 2. 25.

열네 번째 편지

고대산

(832m, 연천군 신서면,
철원군)

등산은
정상을 오르는 것이다?
고대산은
그렇지만 않았습니다.
확 트인 시야로
지장봉(보개산)
금학산 백마고지를 보았고
철의 삼각지 철원평야를
내려다보았습니다.

한국전쟁(6·25)
비참하고 치열한
전쟁의 기록을
현장에서 다시 읽었습니다.

'백마고지' 전투
('52. 10. 6.~15.)
중공군과 한국군 간에
24번 주인이 바뀌고,

3천4백 명(아군)
1만 명(중공군) 병사가 목숨을 잃었습니다.
한국군은
김종오 소장과 보병 9사단
지금의 '백마사단'입니다.

신탄리역
38이북의 종착역
지난해 600mm가 넘는 호우로
유실된 철로 복구공사가
진행 중에 있습니다.

아침 7시 출발

2시간을 달려온
경원선 종착역에서
고대산 산행을 시작합니다.
동참한 '가온길' 35명
멋진 우리말 이름
연천경찰 청렴동아리 화이팅!

오는 길에 본
버스 정류장의
얼룩무늬 군복 사병

일반인에 섞여 차를 기다리는
정겨운 풍경이 눈에 들어왔습니다.
저기!
사람과 군인이 간다!

어느 때던가?
이런 말이 유행처럼
번지던 때가 있었습니다.
군인은 사람도 아닌 양
군과 군인을
비하하는 말이었습니다.

현장에서 본 '백마고지' 한 치의
땅을 위해 던져진 군인의 목숨
잊힌 희생을 보았습니다.
아무리 세상이 변해도
군인을 비하할 수 없습니다.
장난으로도 안 됩니다.

칼바위 능선
가파른 오르막길
삼각봉이 바로 보입니다.
능선 바람이 차갑다는 생각,
삼각봉 '팔각정'

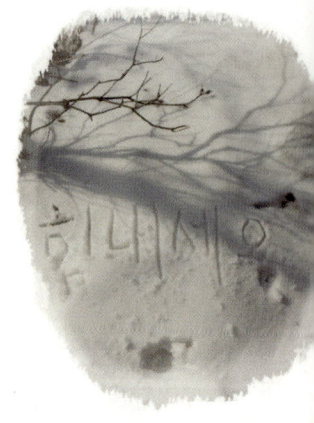

바람을 막아줄 듯
'정상이 바로 저기야!
최고의 전망을 볼 수 있어!'
위로하는 듯

먼저 오른 동료
막걸리를 준비했습니다.
첫 잔은 고수레!
기도라도 한 듯
마음이 편안해집니다.
이렇게 자연에 순응하는 삶을 좋아합니다.

태극기
정상에서 보는 태극기
가슴이 뭉클함을 느낍니다.
군부대와 태극기
애국은
군인의 전유물인가?
어지러운 세태가 실망스러워 하는 말입니다.
부식 운반용 모노레일 고장 나면 굶어야 합니다.
민간인이 그리운 곳
집 떠난 병사들은 외롭습니다.
철조망 안 병사를 향해 말을 건넸습니다.
수고하십니다!

참호 위로 놓인
서툰 솜씨 '나무다리'
그건 아마추어 솜씨
등산객을 위한
최선을 다한 솜씨였습니다.
그것이 고마웠습니다.

현장중심
현장 확인을 위해
철원 땅에 들어갑니다.
먼저 남한 땅 최북단 천년 고찰(865년 조성, 철조
비로사나좌불-국보 63호)
'도피안사'를 갑니다.

1245년 전 솜씨
쇳물을 녹여
아름다운 불상을
제조한 신라인의 기술
불상은 '붓다' 아닌
신라인 얼굴 달걀형입니다.
부처보다 더 아름답습니다.
139자 명문 통함 6년은 경문왕 5년을 말합니다.
해방부터 6 · 25까지
철원군 조선 노동당사

을씨년스럽게
허물어진 골격뿐입니다.

러시아식 3층 건물,
건축비용은
마을별 쌀 200가마 공출미로 충당했습니다.
그리고 그곳에서
수많은 반공인사가
탄압과 고문을 당했습니다.

민통선 안 백마고지
나무 한 그루 없는

30만 발의 포탄 자국
민둥산을 바라봅니다.

파란 하늘에
회색 두루미 대여섯 마리 날아갑니다.
남북을 넘나드는
두루미가 무척 부럽습니다.

2012. 3. 4.

열다섯 번째 편지
아차산
(287m, 구리시)

구리경찰서
현관 앞에는 서장과
청렴동아리 회원 30여 명
나를 박수로 맞아줍니다.
이런 환대는 처음
마음은 벌써
산행을 성공적으로 끝내기라도 한 듯
가볍고 즐겁기까지 합니다.

신축 청사
키가 큰 정 서장
동아리와 신임 3개월
우리 경찰 꿈나무들이
같이한 '아차산' 산행은
출발이 아주 특별했습니다.

「국강상 광개토경
평안호태왕비」

대왕의 비는
높이 6.39m
각면 1.35~2m의 4각 통돌
응회암 위에 '예서체' 1,775자 비문은
그대로 역사의 기록이다.

똑같은 비가 경찰서 앞
공원에 재현되어 있습니다.
비는 고층아파트 숲
도심의 한복판에서도
위용과 기상이 당당합니다.
아차산을 관할하는 보답
그것도 복입니다.

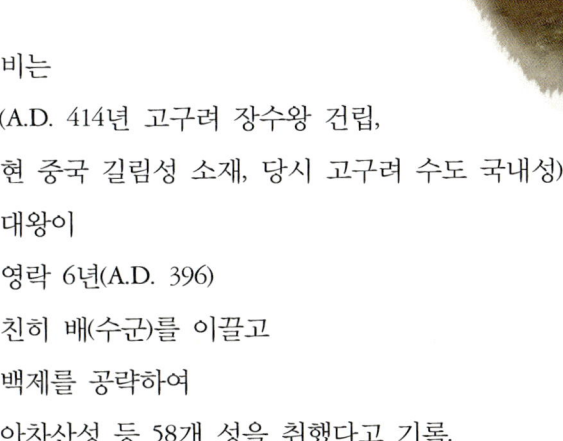

비는
(A.D. 414년 고구려 장수왕 건립,
현 중국 길림성 소재, 당시 고구려 수도 국내성)
대왕이
영락 6년(A.D. 396)
친히 배(수군)를 이끌고
백제를 공략하여
아차산성 등 58개 성을 취했다고 기록.

아차산(용마산, 망우산을 포함)에는
20여 개의 보루
(적을 저지하거나 감시하는 초소,
성보다 작다)가 있고
발굴과 복원작업이
아직 진행 중입니다.

1,500여 유물은
역사와 비의 기록을
사실로 증명하고 있습니다.
과거와 현재를 관통하는
대왕의 비와 동상 앞에서
기록유물의 위력을 체험한
특별한 출발입니다.

20~30분
산행을 했을까?
산허리에 나타난
아스팔트 포장도로

그리고
절집의 해탈문을 보는 듯
범상치 않은 소나무 한 그루,
'만해 한용운의 묘 입구'

발걸음은
호기심을 따라 올라갑니다.
묘지 옆에는
깃봉에 달린 태극기(주인은 허름한 무덤 앞에서
얼마나 허탈했을까? 짐작됩니다).
봉분 두 개 쌍분(어?)
옆에는 만해를 기리는 비석.
일본식 안내표지는
만해의 삶과 행적과
아주 어울리지 않았습니다.

종두법의 '지석영'
어린이와 소파 '방정환'
'조봉암' 선생도
공동묘지에 같이 계십니다.

위치는 한강을 굽어보는 명당,
휴일이면 많은 사람이 등산을 위해 오르는 길
외롭지는 않을 듯한 게 다행이었습니다.

'유씨 부인 재좌'
수도자로서 의외였습니다.

이내 인간적인
따스함으로 다가왔습니다.
나라 없는 백성의 삶
목숨이 있다고 다 인간다운
삶이라 할 수 없었겠지요.

차라리
독립투쟁 일제 항거,
백성의 삶을 위한
행동이 성불보다 우선이다.
생각했던 것은 아니었을까?

해발 287m
높지 않은 산
(망우산, 용마산, 아차산)
산행은 약간의 아쉬움 속에 출발했습니다.

산행 중
많은 사람,
나이 많은 사람도
많이 만났습니다.

사람이 찾지 않는 산
아무리 아름다우면 뭣해!
사적지는 발굴,
복원이 진행 중입니다.

땅속 유물
묻혀만 있다면 돌멩이!
보물이 될 수 없습니다.

아차산 지명 유래
나라의 무당을 찾는 시험,
용하다는 무당 앞에
쥐 한 마리 든 상자를 놓고 왕이 묻습니다.
몇 마리의 쥐가 있느냐?
세 마리가 있습니다.
틀렸다!
죽임이 따랐습니다.
혹시나 하고 다시 쥐를 잡아봅니다.
배 속에는 새끼가 두 마리
더 있습니다.
아차! 하고 후회합니다.

산에서 배웁니다.
'아차' 하는 삶이 되지 말아야
하겠습니다.

2012. 3. 10.

구리경찰서 청렴동아리

열여섯 번째 편지

소요산

(587m, 동두천)

국보 1호 숭례문
3월 8일 오후 3시,
「서기 2012년 3월 8일 복구 상량」
철학자 성태용의
2,500자 상량문,
(숭례문의 상량문은
태조, 세조, 성종, 1962,
창건 중수에 이어 이번에 5번째)
소헌 정도준 선생이
하얀 소나무 위에서
상량문의 마지막 글자를 쓰고 있습니다.

그것은 역사를
기록하는 의식이었습니다.

2008년 2월 10일
화재로 무너진 숭례문
이날 상량식은
역사가 이뤄지는 현장의
대 국민보고입니다.

역사는 백성의 삶의 기록, 국민은 역사의 증인입니다.
소요산 입구
가파른 등산길
긴장 속에 오른 108계단
(인간의 모든 번뇌를 백팔 가지로 봄)
끝에 만난
'자재암' 앞 안내문,
절의 내력을 봅니다.

654년 원효대사 창건(자재암)
974년 고려 광종 중건(소요사)
1872년 조선 고종 중창(영원사)
1907년 소실 중창
(자재암) 복원
1961년 6·25 전쟁 중
소실 중건,
기록은 산 역사가 됩니다.

'제행무상'
세상에 영원한 것은 없다.
세상 모든 것은 변화한다.
불가(붓다)의 가르침을
재삼 확인합니다.

숭례문도
자재암도
화재와 전쟁과 세월 앞에
무너지지 않는 것이 없습니다.
다만 다시 짓고 복구하고 기록하는 것
그것은 인간의 일
그것은 역사가 될 뿐입니다.

원효굴,
그 안에는 수백의
원효 부처가 '수도정진'
하고 있습니다.
돌부처가 도를 닦는 게
아닙니다.
굴 앞에서
원효를 찾는 중생은
불교개혁을 외쳤던 스님,
서민들의 중 원효를 만나고
도를 묻고 있습니다.

중백운대
아래로 보는 잡목 숲
어느새 봄기운 봄 색이 완연합니다.

아직은 연두색은 아닌
표현하자면 보일 듯 말 듯
물기가 마르지 않은 연분홍색입니다.
혹한이다,
꽃샘추위다,
뭐다 해도 시절은 어김이 없습니다.
이런 세월을
의연하게 이겨내는 것,
이제는 이골이 났을 법한
소나무가 아닐까 합니다.

오늘
참 감동적인
소요산 우리 소나무를 보았습니다.
바위를 뚫는 소나무
세월을 삼켜버린 소나무
무엇에도 꿈쩍 않는 소나무
물길이 어디냐? 묻지 않는
신화 같은 소나무를
보았습니다.

천보산 끝자락
북부청사 뒷마당에
천 년 세월 속

모든 백성이 믿고
기대고 쉴 소나무,
주민이 감동해야 할
그런 소나무를 심어야겠습니다.

이 시대
북부청의 동료들이
한마음으로 동참해
우리 마음속 깊은 곳에
정의의 소나무
한 그루를 심어야겠습니다.

백운대 칼바위
나한봉 의상대 공주봉
8.19km 산길은
어제 내린 비와 거친 차돌바위로
조심조심
쉽지 않은 산행이 되고
오래 기억될
우리 역사를 만들었습니다.
산행 중에 만난 소나무,
숭례문 대들보를 떠올린
감격이었습니다.

숭례문

상량문 내용 중

화재의 시작은 노인,

책임은 미친 노인 아닌 우리 시대

모두의 잘못이라는 사실을 기록했다는 것

소중한 변명이 정말 감사했습니다.

이 시대에

다시 생각해야 하는

덕목이자 소중한 가치는

정직함과 솔직한 책임의식이

되어야 하지 않을까 생각했기 때문입니다.

지금

경찰 조직

정의구현의 핵심 가치는

정직을 바탕으로 한 것이

되어야 함을 믿기 때문입니다.

2012. 3. 19.

열일곱 번째 편지

망월사

도봉산은
지난밤 내린 눈으로
도인이 된 듯
세속을 떠나 있습니다.
정상 자운봉,
흰 눈으로
신선의 억센 눈썹은
인자한 노인의 그것을 닮았습니다.

아파트로 둘러싸인
근교에서
이런 멋진 풍광을
볼 수 있다는 것
때아닌 봄날의 축복이
아닐 수 없습니다.

조금 늦은 출발
눈 내린 봄 산을
마음껏 즐깁니다.

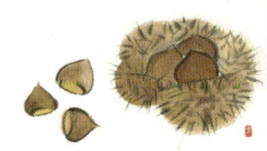

평소와 달리
산 중턱에 있는 망월사까지만
오를 계획이라서
발걸음은 느리고
서쪽으로 지고 있는
햇빛만큼이나
내 눈빛 역시
여유롭기만 한 산행입니다.

이때 하산길
낯선 사람을 만났습니다.
"어디까지 가세요?"
(어눌한 말투입니다)
"예! 요기 망월사까지요."
"능선(포대 능선)은
아이젠이 없으면 안 돼요!"
(소리는 맑고 차분함)
"아니요, 망월사까지요."
"그러면 괜찮겠네요."

지나치고 나서
뒤를 돌아봅니다.

참 좋은 심성을 가졌구나!
웃는 얼굴이 진실했어!
그의 친절함 고맙지!
산을 오르기에 늦은,
눈 내린 산의 위험을
경고해주는 열린 마음
붙임성은
산을 아는 사람
배려가 묻어나는
사람 냄새였습니다.
뒤를 다시 돌아봅니다.
벌써 저만치 내려가는
뒷모습이 멋집니다.

말없이 지나친
앞서 내려간 사람들의
도시 얼굴과 달리
어눌한 그의 말투
바보 같은 미소가
산행 내내 길 안내처럼
나를 따라옵니다.

눈앞에 나타난 이정표
망월사 0.7km입니다.

마음은 즐겁습니다.
어둑어둑한 시간
길은 좀 위태로워도
조금 전 만난
젊은이를 생각하니
가르침 하나를 얻었다는
생각이 들었습니다.

빈 공양간
누구도 손대지 않은 밥상
기름진 음식은 없어도,
버섯조림, 봄동무침,
깻잎 장아찌
거기에
투가리에 담긴
두부 김칫국까지 있습니다.

절로 입맛이 돕니다.
공양을 이미 마치신
선원장 「허담」 스님이
곁에서
말벗이 되어주십니다.
하찮은 중생에게는
과분한 자리가 되었습니다.

바로 도인의
마음이겠거니
저는 속으로 감동했습니다.

촌로 같은,
스님은 저랑 같은 세랍
속세로 치면 동갑입니다.
차를 내시는
솜씨가 벌써 다른데
하시는 법문은 편안하기만
합니다.
눈높이 교육인 것을
벌써 눈치챘습니다.

허담(虛潭)
빌 허, 연못 담
빈 연못?
물이 없는 연못이라!
연못이 아니지 않은가?
연못(도)을 비우(이루지 않겠다?)는 공부라
도를 이루지 않는
공부를 하시겠단 말인가?
갈수록 어려워집니다.
빈 연못

비우기도 하고
채우기도 하기를 수없이
했을 법한데.
이제는 비워도 못이고
채워도 못이다.
연못은 그대로 못이다.
허담은 연못은 연못이다.
'비우고 채움의 문제가 아니다'고
말하고 있습니다.

혼자 밤을 새웁니다.

(허담 스님 말씀)
서양 수도사,
한국 스님을 부러워했답니다.
가장 좋은 산
가장 건강한 집
산사에서 생활한다.
몸에 좋은 무명옷에
최고의 웰빙식을 한다며
스님의 의식주를 부러워했답니다.
「겉만 본 말인 듯합니다.」
동안거 하안거,
스님들은 철이 되면

어느 절 선원에
한철 수행을 신청합니다.
수자는 묵언 수행에 듭니다.

그런데 매번 수행처를
바꾸는 이유는 뭘까?
참 이상하지요?
스님은
인연을 만들지 않기 위해서
라고 말씀하십니다.
「인연을 만들지 않기 위하여」

2012. 3. 25.

150

열여덟 번째 편지

예봉산

(683m, 남양주)

친구가(동하)
백마강에서 찍은
이름 모를 꽃 사진과
강물이 흐르는 봄소식을
보내왔습니다.

친구와 꽃소식
세월이 가도
변치 않는 친구의 우정
우정은 오랠수록 좋다던가,
해마다 피고 지는 꽃
그래도 봄이 되면
그립고
연약한 꽃잎 앞에
정신을 빼앗기고 맙니다.

나는 감동과 신비함에
넋을 놓은 눈으로 답을 합니다.

올 첫 꽃구경은
예봉산 산행길의
생강나무 꽃입니다.
지난번
운길산에 이어
예봉산을 오릅니다.
가까운 시일 내로
검단산까지 오를까 합니다.

한강(물)이
수도 서울로 들어오는 관문이 바로

한강 이북은 예봉산(683m)
이남은 검단산(657m, 하남시)입니다.
이만하면 5천만 국민,
수도 서울의 대문으로
충분한 자격이 있다.
그럴 만하다 생각합니다.

금강산(옥발봉)과
태백산(검룡소)에서
발원한 북한강·남한강이
남양주 양수리(두물머리)
에서 합수되어
서울로 들어옵니다.

153

예봉산과 검단산,
두 눈을 부릅뜬 장수의
눈처럼 기상과 위엄이 있고
부드러움(흙산)이 있습니다.

산은 흙산
산형은 가파른 삼각산
1시간 30분 오르막길
두 다리는
팽팽하게 긴장하고
호흡은 점점 거칠어갑니다.
주변 산의 특징입니다.
정상이다 싶으면
나타나고 다시 나타나는
봉우리 산이 사람의 의지를
시험이라도 하는 건가?

옆에서 걷는 지친 모습,
포기 않는 여경들 의지가 고마웠습니다.

처음 만나는
물푸레나무 군락지
(물색을 푸르게 함)
나무가 무리 지어 자랍니다.

철문봉(631m)에서 적갑산(561m) 능선
철쭉 군락지가 장관입니다.

5월 철쭉 고목에
연분홍 꽃이 필 때쯤
꽃 터널을 걷기 위해서
한 번 더 와야겠습니다.

'철문봉'은
다산이 학문적 사유를 한 놀이터입니다.
생가 '여유당(남양주 조안면 능내리)'이
있는 마재에서
집 뒤 능선을 따라
이곳에 올라
형님 약전, 약종과 함께
학문(문)의 도를 밝혔다(철)는 데서
얻은 유서 깊은 이름입니다.

다산(1762〜1836)
탄생 250주년이 되는 금년,
유네스코는
2012년 '올해의 기념 인물'로
프랑스 철학자
루소(탄생 300주년),

독일의 작가
헤르만 헤세(사망 50년)와
더불어 다산 정약용을 선정했습니다.
탄생 250주년을 맞는
동양의 학자로는
처음 있는 일이라 합니다.

강진 귀양살이
18년에 500권의 서책을
저술한 학자요 사상가,
세계인의 눈에도

큰 발견이 아닐까 합니다.
철문봉을 다시 바라봅니다.
남양주,
거중기를 만든 다산,
'화성'을 축조하고
축조과정을 기록한 『화성성역의궤』.
동원된 인원, 지급된 임금,
불만 있는 일꾼들의 데모
세세한 것까지 기록한 책

정약용
독특한 실학자
'실학박물관'이 바로
남양주 생가에 있습니다.

긍지 무시 못 합니다.
산행 간담회 중
가장 많은 참석, 43명
(서장, 각 기능 참모,
파출소 동아리 회원)이
참여하였습니다.
또한 나보다
더 적극적이었습니다.
남양주서 만세!
청렴동아리 화이팅!

지휘관을 중심으로
격려와 덕담 이해와 배려,
활기찬 분위기를 만듭니다.
긍정의 마음으로 하나 된
남양주
명예경찰 진면목을
직접 눈으로 보았습니다.

2012. 3. 31.

열아홉 번째 편지

용암산

(475.4m, 남양주)

이름을 닮은
용바위는 없었습니다.
그렇지만
훨씬 더 많은 것,
원시림의 많은 것을
보고 느낀 산행이었습니다.

80여 년 전(1927, 1948)
조성된 전나무 숲,
발목까지 푹푹 빠지는
켜켜로 쌓인 낙엽은
사람의 흔적을 덮었습니다.
늙어 넘어진 고목,
쓰러진 모습마저
품위와 경륜을 느끼게 합니다.

수목원 크낙새는
만나지 못했지만

어딘가 나를
지켜보고 있을지 모릅니다.
원시의 숲은 비밀스럽습니다.
생명의 숲은
자연과 인간,
세월이 만든 걸작입니다.

기상이변은
봄기운과 함박눈,
정상인 물푸레봉
독수리 형상 수리봉
정상을 하얗게 덮었습니다.

초봄의 기다림과
수목원 육림호와
비경을 만들었습니다.
(4월 3일 수목원)

원시림,
길 없는 낙엽 위에
길을 만들고 미끄러지고
다시 오릅니다.
방향을 알 수 없는
임도는 나의 길이 아닙니다.

능선을 오르고
바위가 드러난
계곡을 따라 나만의 길,
길을 만들어갑니다.
사람 '출입금지'에
최소한의 도리
미안함의 표시입니다.

산을 오를수록
조림 아닌 자연의 숲,
뜻밖에 서어나무 군락을
만났습니다.
늙은 서어나무가
험한 꼴로 여기저기
쓰러져 있습니다.

울퉁불퉁 근육질은
숲 속 작은 생명(영지버섯?)의
집이 되고 속살은 이미
반쯤 흙이 되었습니다.
자연의 살아 있는 모습,
'선암사'가 있는 조계산(전남 승주)에서
처음 본 서어나무
피아노 건반을 만드는 나무인 것을

그때 알았습니다.
서어나무의 사계
숲의 순환을 보았습니다.
수목원은
층층나무, 자작나무, 거제수나무,
노린재나무, 졸참나무, 굴참나무,
전나무, 구상나무, 쪽동백나무…….
나무들의 천국입니다.

천국에는
'명예의 전당'이 있습니다.
내가 알 수 있는 이름
임산 민병갈·춘원 임종국,
임산(1921~2002)은
한국에 반한 미국인입니다.

1962년 이후 40년,
충남 태안 만리포에
수목원을 만들었습니다.
자신의 생을
낯선 땅 한국에 헌납,
1만여 종의 식물 천국을
만들었습니다.

그의 천국에는
그를 모르는 사람들이
마음껏 나무를 배우고
행복을 찾고 있습니다.

춘원(1915~1987)은
진짜 한국인입니다.
6·25 전란으로 헐벗은 땅
축령산(전남 장성) 543ha에
편백나무 숲을
독한 의지로 평생 사업으로
천국을 만들어놓았습니다.

삶에 지친 사람들
마지막 희망의 안식처로
70년 된 편백 숲,
사람의 천국에 찾아듭니다.
바위에
뿌리를 내리고 수백 년
세월을 이겨낸 소나무
소나무를 보면
감동으로 가슴이 뜁니다.
넋을 놓고 빠져듭니다.

그동안 산행 중
많은 소나무를 보았습니다.
그 품성을 조금 알았습니다.
소나무의 절개, 기상,
경찰의 호국 애국정신을
생각했습니다.
천보산 바위에
소나무를 심어야겠습니다.

수목원에서,
전나무를 보았습니다.
80년 세월에
아직도 자라고 있는,
하늘을 향해 꼿꼿한,

거친 바람
눈보라 속에서
흔들림도 굽힘도 없는
사철 푸른 잎의
전나무를 보았습니다.

경기 2청
청사에 경찰의 정신
경기경찰 명예의 상징으로
전나무를 심어야겠다는

생각을 합니다.

숲의 뜻깊은 선물입니다.

2012. 4. 7.

스무 번째 편지

축령산

(886m, 가평군 상면)

축령산 정상,
돌탑이 하나 있고
돌탑보다 더 높이
태극기가 펄럭입니다.

산과 태극기
처음 본 것은
'서리산' 정상(832m)
층층나무 군락에
업 된 기분을 추스를 때쯤
멀리 축령산이 보이고
안경 너머로
가물가물
깃대일까? 웬?
그때 뒤에서 누군가 '태극기입니다' 합니다.
먼저 본 사람이 있습니다.

깃대 아래 작은 동판,

'6 · 25 동란 중
축령산 전투에서
희생된 호국영령의
애국정신을 기리는……'
잣나무 향
나무 고유의 향이 있습니다.
내게는 그저
살짝 스친 듯한
소나무 향내 같은
그런 향기였습니다.

같이 간 정원대는
잣나무 향이지? 하며
아주 감탄한 듯
다시 나무에 코를 대봅니다.
향에 무딘 코가 밉습니다.

그나마
잣나무 숲을 볼 수 있는
눈이 있어 다행입니다.
곧게 자라
하늘을 가릴 듯한
아름드리 잣나무를
볼 수 있는 눈,

축령산 잣나무와
만남은 큰 행운입니다.
'긍정의 사고방식'입니다.
어떤 산을 오르면
유독 마음이
편안하고 숨이 차지도
않는 산이 있습니다.
축령산이
그랬습니다.
흙은 색이 검고 차집니다.
봄의 기운과 햇볕의 따스함이 더해진
산 기운을 느꼈습니다.

나무는 가파른
비탈에서도 곧게
자라고 있습니다.
참나무류가 주종인 활엽수림
나뭇잎이 다 떨어진 채
앙상한 가지만으로도
더 이상 멋을 낼 필요가 없습니다.
산은 산의 질서를
잘 지켜가고 있었습니다.
축령산은 평안했습니다.

화채봉 삼거리~
수리산 정상 700m는 '철쭉 군락'입니다.
'철쭉 축제'
철쭉꽃의 원산지가
여기 서리산이 아닐까?
고목나무 철쭉이
긴 터널을 이루고 있습니다.

'꽃 터널' 아니라도
더 이상의
아름다움이 있을 수가 없습니다.
한반도 형상의 철쭉 군락!
1만 3천 평방미터가 장관입니다.

바위 옆을 돌아
지나온 길이 특이해
살짝 돌아보았습니다.
사람 발길이 선명한
작은 모퉁이 길이 있습니다.

높은 산
숲이 우거진 산에도
길은 있습니다.
새삼스럽게 다가온 '길'

사람이 사는 데도
옳고 그른 길이 있듯
산에도 오르막과 내리막길이
있습니다.

그냥 있는 게 아니라
오르막길이 있으면
내리막길이 있게 마련이듯
어렵고 힘든 때가 있는가 하면
좋은 날이 반드시 오는……

산에서 배우는 교훈입니다.
축령산 산행은
'길'을 생각해보는 산행이 되었습니다.

계획된 산행을
바꾸지 않을 수 없었습니다.
29살 지도자 김정은,
무모한 은하 3호 발사계획 때문입니다.

발사의 성공과 실패를 떠나
먹을 식량이 부족한 나라
식량 원조를 구걸하는 나라
배를 굶주린

'조선민주주의인민공화국'의
은하 3호 미사일 한 번 발사 비용은
1천9백만 북한 인민에게 1년 치 식량,

두 동강 난 부러진 미사일이
기가 막힙니다.

자욱한 아침 안개처럼
잔뜩 찌푸린 황사처럼
길이 보이지 않는 나라
한반도의 북쪽이
죽는 '길'을 가고 있습니다.

뒤바뀐
경기 2청 산악동호회의
계획된 첫 산행은
기막힌 미사일 불장난 때문입니다.
정원대, 정순영, 이진백이
대표 산행으로 가름했습니다.
잣나무 숲~서리산~철쭉 군락~축령산~남이바위
8.7km 완주, 4시간 30분 소요.

2012. 4. 14.

스물한 번째 편지

마차산

(588.4m, 동두천)

아침 비와 산행
예사롭지가 않았습니다.
마차산 꼭대기
위로 보이는 비구름이
지나가는 비가 아니었기 때문입니다.

내리는 비를 무시한
산행을 변명하기엔
막 물이 오른
산의 연두색과 연분홍,
나뭇잎과 산 벚꽃이 어우러져
그야말로 산은
한 폭 동양화였습니다.

이렇게 시작한 산행
모두가 비에 젖었습니다.
우의를 입은 사람도
우의를 입지 않은 사람도

겉과 속이
물로 흠뻑 젖었습니다.
이미 내게
모든 분별은 사라졌습니다.
시절을 만난
나무는 하늘의 은총
비를 기다립니다.

새싹의 기운을
얻는 것입니다.
이것은 생명이고
성장의 에너지고
땅과 하늘이 만나는
인연에 대한 설법입니다.

뭇 생명 있는 것을 통해
우리 눈앞에
우주의 섭리를,
자연은 우주라는 것을
몸으로 보여주는 것입니다.

이 순간을 체험한
우리는 선택된
우리는 행복한 사람입니다.

조선왕가(연천),

99칸 한옥(자은당과 염근당-성균관 부속건물, 이전복원)은

자연과 산세와

옮겨온 사람의

마음과 어우러지고

조화는 평범의 경지를

넘어서고 있었습니다.

복원된

황토 온돌방,

하룻밤을 자고 난

사람 몸은 벌써 알았습니다.

자연과 사람의

만남과 교감과 소통,

기운이 넘치고

기분은 밝고 맑아집니다.

'마차산' 산행은

자연과 교감하는 염근당

힘찬 기운으로 출발합니다.

바위 밑

여린 풀꽃이

눈을 사로잡습니다.

바위와 이른 봄의 전령
꽃은 제 임무를 다했습니다.

험한 바위 아래
두려움 아랑곳하지 않는
이른 봄 아니면 볼 수 없는 꽃
당당함이 무엇인지
그 힘은 어디에서 오는가?
지조 없는 사람
겁쟁이에게는 엄한
가르침을 주는 듯했습니다.

파란 하늘을
가릴 듯한, 사람의 눈을
잡아끄는 나무를 봤습니다.

키는 크고
잎은 다 떨어진 채
나무의 잔가지들이
실핏줄처럼
빈 하늘 큰 공간을
섬세한 여성의 손으로
수를 놓고 있는 듯합니다.

잔가지가 제 몫,
다른 가지에 닿지 않을 만큼
꼭 필요한 만큼만
갖고도 만족할 줄 압니다.
겸양과 배려의 덕은
아름다운 조화인 것을
말하고 있었습니다.

비를 맞은 몸
능선을 타고 넘는 바람 앞에
한기를 느낍니다.
절룩거리는
폭력 이 팀장을 앞세워
정상을 독려합니다.

문득 산에서 맞는
저체온증
두려움이 스멀스멀 끼어들려 합니다.
발걸음을 멈출 수가 없습니다.
휴식도 선 채로 잠깐
마차산 정상의
준비된 화려한(?) 만찬은…….

광수대 화이팅!

젖은 몸
선 채로 들이켜는 막걸리
그런 중에
서영웅(스스로 Hero),
막내의 아내가 준비한
두부김치를 내려놓습니다.

빗속 추위와
막걸리와 두부김치와
수사권 독립투사들······.
마차산 588m 고지를
이렇게 정복했습니다.

산길은
내려올 때 더 위험합니다.
비 맞아 번들거리는
나무뿌리를 밟지 마라!
미끄덩 넘어집니다.
한눈팔면
눈앞의 가식에 속습니다.
늘 조심하라는 말,
'비리의 유혹'에 속지 말라!
산이 온몸으로 가르치는
교훈입니다.

비가 새는 하늘
산 스승의 제자들
임학철, 김동극, 이길수, 이남재,
서영웅, 김의경, 김의현, 김상철, 선종만
이름을 수사관으로
뚜렷이 새겨놓습니다.

2012. 4. 21.

스물두 번째 편지

유명산

(862m, 가평군)

서너치 고개
농다치 고개
산행을 위한 사전준비
코스를 표시한
지도에서 찾은 별난 지명
서너치? 농다치?
특이한 지명 유래를
알았습니다.

산골 마을의
지명에 숨겨진 애환,
오랜 옛날
하늘만 바라보고 사는 (가평군 설악면)사람들
그들의 생활권은
산을 넘어야만 가는
양평(시장)까지였습니다.
지금의 해발 860m
아마도 당시는 넘을 수 없는
불가능처럼 보였을 듯합니다.

하늘에 서너치(9~12cm, 1자는 10치)가
모자라는 아주 높다는 뜻을
담고 있습니다.
언제 넘어야 했을까?
'농다치'에서
숨겨진 답을 찾았습니다.
농(장롱, 옷장)은 생필품
시집갈 딸의
제일 중요한 혼수품입니다.

양평장에서 산
농을 두 어깨에 지고
좁은 산길을 오르는 짐꾼,
힘에 부쳐 보입니다.

둘도 없는
딸의 혼수품이
좁은 산길 나뭇가지에
걸려 흠이라도 생길까
농 다칠라(농다치)
조심! 조심해라!
조마조마한 마음이
지금도 느껴질 듯합니다.

유명산의
원이름은 馬遊山(말 마, 놀 유)입니다.
말 기르는 목장?
야생마가 살았거나?
아닙니다.
주변 지명에
말머리봉 말고개가
있습니다.
지형지세가
말을 닮았다는 말입니다.

마성산 이름으로
불리기도 했다 하는 말,
산과 사람이
친근해지려는 노력이
배어 있는 산 이름입니다.

아마도
외경(두려움)의 산
나약한 인간이 극복해야 할 산에 대한
두려움을 이겨내려는 방편은 아닐까
생각했습니다.

산 아래는
벌써 봄을 지나

186

여름을 향하고 있습니다.
사람들이
산에 모여들고
꽃잎 지는 진달래,
잎이 피어나는 생강나무
산 아래 숲은
벌써 풍요롭습니다.

해발 862m
산은 아래와 위를
분명히 구분합니다.
정상은 여전히
앙상한 참나무 숲
세상인심 변화에
마음을 열지 않는 모습입니다.

정상 표석 앞
사람들로 분주합니다.
인증샷이 필요한가 봅니다.
누구를 위한 촬영?
혹 자신의
자기에 도취된
인증샷은 아닐까? 합니다.

'처녀치마 꽃'
잎은 갸름하고 긴
낙엽 아래에 숨은 듯,
꽃 색은 연한 청색
천연염료로 물을 들인 듯
수줍은 꽃
처음 만난 나는
꽃을 위한 인증샷을 합니다.

개별꽃(흰)
산괴불주머니(노랑 꽃)
현호색(청, 산괴불주머니)
도깨비부채(갈라진 우산)
앉은 부채(꽃, 진녹) 군락지.
피나무, 졸참나무,
황벽나무(참나무처럼 깊게 팬 수피).
때죽나무, 쪽동백(때죽과 닮은 나무, 열매가 적음)
참옻나무(녹색, 세로무늬 수피),
개옻나무(붉은색, 가로무늬 수피)
가지를 꺾으면
흰 젓이 나는 젓(전)나무.
낙엽송은 잎을 간대서
'잎갈나무'라고도 부릅니다.

오르막 3km
내리막과 유명계곡 5km는
나무와 꽃과 자연의 대화
내 마음만 열면
자연은 내 품에 들어옵니다.
자연과 하나가 됩니다.

지리산에서 만난
'며느리밥풀꽃(두 개 보리 밥알)'이 생각납니다.

용소, 마당소
박쥐소(바위틈 박쥐 서식),
3km에 이르는 계곡
물이 넘치고 요란합니다.
'천불동계곡'처럼
높은 절벽 아래를
흐르지 않더라도
길가를 걷다
오히려 쉽게 다가갈 수 있는
계곡은 인간 친화적입니다.

맑은 물소리는
무엇과도 견줄 수 없는 법문입니다.

2012. 4. 29.

스물세 번째 편지

천마산

(812m, 남양주)

새잎이 피는
숲은 연두색, 신선하다.
눈이 밝아지고
코가 시원하다.

온몸의 느낌은 좋고
정신까지도 맑아진다.
산의 선물이 참으로 큽니다.

산의 속살
대지의 깊은 곳
흙에 내린 뿌리
뿌리는 생명의 시작이다.

뿌리를 떠나온
물은 계곡을 흐르고
물은 생명을 노래합니다.
계곡은 물의 오케스트라
자연을 소리로 증명합니다.

숲 속 어디선가
들려오는 소리
새가 따라오고 있습니다.
천마산(天摩山)
하늘 천, 만질 마
하늘이 손에 잡힐 듯,
하늘에 산이 닿을 듯
높다는 소리겠다.

하늘 '천' 하면
떠오르는 '천자문'
잠재의식 속에 살아 있는
한석봉과 어머니 이야기
내게는
천자문 배우던 추억이
언제나 새롭기만 하다.

아침마다
부모님 앞에 무릎 꿇고
천자문 일일 공부하던
어린 시절

6학년 겨울방학,
새로 이사 온 훈장님
모든 동네 아이들이
서당으로 몰려갔었습니다.
입시학원 따라
강남으로 이사 가듯,
'너는 떼 지어 돌아다니면 안 된다' 하시며
당신이 손수 가르치고
나는 암송하기를 몇 달
마지막 페이지를 읽던 날

어리고 철없는 아들,
엄하기만 했던 아버지는
대견하고 지금도 그리운
아들이고 아버지가 되었습니다.
천자문과 한석봉 어머니
이야기는 교육이었습니다.

5월 5일 산행,
어린이가 있는
가장은 '산행 동참 사절'
가정과 가정교육
예나 지금이나
가장 기본이자 소중한 가치입니다.

194

숨을 고르고 있는 아버지와 아들의
다정한 모습이 그림 같았습니다.
"에버랜드에 가지 않고 산에는……."
가벼운 질문에 거침없는 대답
"산이 더 좋아서요."
옆의 아버지 미소
아들에 대한 믿음입니다.

'학교폭력 근절'이
화두가 된 '졸부 대한민국'
해결의 실마리는
가정교육의 부활,
답은 교육이고
어린이와 가정에 있습니다.

어린이 사랑을
평생 과업으로 살다 간
'소파' 방정환 선생
그의 무덤이
망우리 공동묘지에
아직 그대로 있다는 것
아차산 산행 중 보았습니다.

지금의 교육현장
누구만의 탓이 아닌
우리 모두의 탓이었습니다.
진달래가
지기도 전 벌써
철쭉이 피어 있습니다.

더위 따라 핀
철쭉도 민망한지
화려함도
세련된 매력도 없습니다.
짧게 지나간
봄을 탓해보지만 그게
어디 탓해서 될 일인가요.

산상의 대화
어린이날의 교통사고
오늘따라 진지합니다.
교통경찰로
'재직 중 한 사람의
생명이라도 구하는 일을 한다면
밥값은 하는 것 아니겠냐?'
안전계장다운 얘기입니다.

196

철 지난 군고구마
장수막걸리 몇 개
값을 한 천마산 산행입니다.
아침 신문,
해남 송지면 바닷가
다둥이네(11남매) 살아가는 이야기

아버지는 아이들
생각하면 먼바다에는
나갈 수가 없다고 했습니다.

두 팔을 벌려
손에 손을 잡은 팔이
시골 도로를 가로질러
꽉 채웁니다.
세상을 행복으로
다 채우고도 남겠습니다.

천마산 입구
곧게 자란 은행나무 숲이 특이합니다.
장수 목인 은행나무는
마을의 어린이 놀이터
암수 한 그루씩
위엄 있게 떨어져 자랍니다.

새로운 환경,
집단 서식이
곧게 자란 아름다운 숲이
될 수 있음을 보았습니다.

가정도 교육도
이 숲을 보면 답을 구할 수
있겠다는 생각을 했습니다.

2012. 5. 5.

스물네 번째 편지

도락산

(440.8m, 양주 백석)

산세가
가파르지도 않고
바위가 많지 않은 흙산
사람을 놀라게 할 만한
낙락장송도 없습니다.

산보다
숲의 아름다움
숲의 깊이를 맛본 산행,
산이 아닌
산행이 주인이
되는 경험을 했습니다.

산의 높고 낮음 아닌
산을 오름과
산행을 통한 삶과 깨달음을
생각한 산행이었습니다.

사람이
많지 않은 도락산,
산의 초입은
잡목이 우거지고
가지치기가 되지 않아
원시림 같은
정글에 들어선 듯했습니다.

얽히고설킨
나뭇가지와 잡목 숲은
사람의 접근을 방해합니다.
이때 길을
안내하는 사람의 흔적,
인공이 가해진
산길이 눈에 들어왔습니다.

지난해 산사태로
제멋대로 생긴
물길을 바로잡은
누군가의 노력이었습니다.

이정표를
다시 찾은 건 뒤,
도시에서 사라진 '흙'

자연의 속살을 보았습니다.
(흙을 밟지 않고
살아가는 도시 사람들)
흙이 무언지
진흙, 개흙, 찰흙, 조대흙,
황토, 박토, 점토, 고령토 등
이런 흙이 있는지
이런 흙의 용도를 아는지
알 수가 없습니다.

파헤쳐진 흙,
나의 옛날
밥도 국도 만들고
세상에 둘도 없는
놀이가 되었던
흙의 추억을 생각했습니다.
친구를 만난 듯
반갑게 흙을 만났습니다.

긴 터널을
지나왔습니다.
신기한 풀과 나무
숲 생태계의 신비의 터널,
노린재나무

하얀 목화솜 같은 꽃
꽃은 처음 보았습니다.
낙엽 진 뒤는
잔가지가 많아서 예쁘고
집 안에
정원수로 갖고 싶은 노린재,
아름다운
우리 고유의 정원수로
개발할 만한 나무입니다.
나무에 빠져
긴 정글 속을 지루한 줄
모르고 빠져나왔습니다.

정상 표지석,
재잘대는 어린이들
용감한 산악인들을 보았습니다.
산에서 보기 힘든
(영화관에 많은) 청년들 대신
씩씩한 어린이들
희망찬 모습을 보았습니다.

인솔 교사의
눈은 빛났고
'뒤에 온 사람에게

자리를 비켜 드려라!'
젊고 엄한 선생님의
모습도 보았습니다.

씩씩한
용감한 도전이란 말을
듣기도 쉽지 않은 시대,
어린이 가슴에
올바른 심성을
기본과 원칙을
질서와 준법의식 같은
선진 시민의식을
산에서 가르치는 꿈을
잠시 생각했습니다.

영웅을 얘기하고
충성과 애국을 선양하고
희생의 보람이
제일의 가치가 되는
사회를 기대합니다.

도락산 정상의
씩씩한 어린이들,
희망의 싹을 보았습니다.

오래 기억될 듯합니다.
도락산 돌탑
아래는 서양 귀부인의
넓은 치맛자락을 닮고
위에는 손잡이가 달린
예쁜 종 모양의 탑입니다.

'불일암'
산책길에 만난
돌탑이 생각났습니다.

돌 몇 개
정성만으로
소박하고 아름다운 소원탑

송광사
불일암 가는 길
산책로에
막 들어서며 보았던 탑
어제 내린 빗물이
아직 마르지 않은 돌탑

주변에 흩어진
흔한 돌들을 모아

205

그저 올려놓았을 뿐인데
내게 그것은
법정 스님
법문처럼 다가왔습니다.

산은
푸르른 실록
풍덩 하고 뛰어내려도
턱 하니 받아줄 것 같은
넉넉함 푸근함이 있습니다.

산을 오르는
고통과 인내는 굴복하지 않는
용기를 배우게 하고
무언, 무심, 무아의
경지에 이르면
높고 낮음이 없는 상상
꿈과 희망으로 충만합니다.

오늘도
다음 산행을 계획하는
이유입니다.

2012. 5. 12.

스물다섯 번째 편지

삼봉산

(454m, 파주)

"이것이
'싱아'입니다.
먹을 수 있는 풀입니다" 하며
잎을 따 입에 넣고
우물우물 씹어 먹습니다.

싱아?
익숙한 이름
듣는 것만으로
시큰한 어감 '싱아'
아! 그렇구나.
왜 지금에야 알게 됐지?
새삼스럽게
나를 책망하듯 되묻습니다.

세상에
자연과 나의
작지만 소중한 인연
하나를 엮는 순간입니다.
말로 다 못 할 기쁨입니다.

박완서의 소설,
『그 많던 싱아는
누가 다 먹었을까?』
'싱아'
작가는 '31년
황해도에서 태어났습니다.

일제 강점기
삶이 어려웠던 시대
가난과 고통의 시대의
어린 소녀에게
싱아는
고통과 삶,
생명이었지 않았을까?
뼈에 사무치는 설움 '싱아'

작가는
들판의 흔한 풀
싱아를 세상에 소개했고
과거를 말하고 있습니다.

나의 잠재의식,
고통과 가난의 세월은

싱아를
듣는 순간
시큰한 전율을 느낍니다.
타계한 그가 그립습니다.

한여름 숲은
녹음이 짙고 풍요롭습니다.

70년대
전방 군부대는
군사 작전하듯
겨울용 화목을
도벌하던 때가 있었습니다.

가정에서도
땔감이 부족해
집에 돌아온
어린 학생들이
산으로 나무하러
다니던 시절이 있었습니다.

그리 머지않은 기억들,
새삼 삼봉산은

가난과 풍요를 생각하는
산행이 되었습니다.

장군봉(405m)
비학산(454m) 삼봉산(282m)
산행은
초리골 장군봉 전망대 비학산
은굴(은 광산) 삼봉산 김신조 숙영지
다시 초리골로 내려오는
10.6km 4시간의 산행

싱아를 처음 보았고
야생의 산마,
파란색 두루미 모양의 꽃
두루미천남성(사약 초),
약초인 백선을
야생에서 구별하는
눈을 얻게 되었습니다.

김신조,
지금은 목사님이 되어
복음을 전파하고 있습니다.
삼봉산
정상은 거친 바위,

44년 전(1968) 1월 19일 낮
북괴군 124군부대 31명
은밀한 야간이동을 위해
바위틈에 숨어
밤을 기다린 곳입니다.

대한민국의 심장
청와대를 폭파하고
평양에 복귀해
영웅이 되겠다는
허망한 꿈을 꾸던 곳입니다.

김신조 숙영지,
평화와 번영의 시대
대한민국을 파괴하겠다는
어처구니없는
망상의 생생한 증거입니다.

'종북주의자'가
국회의원이 되고
19대 국회에 들어가겠다는
위험한 상황이 되었습니다.
국기에 대한
경례를 거부합니다.

공식행사에
애국가를 부르지 않습니다.

정체성이 의심스러운
허망한 꿈을 가진 '종북주의자'
삼봉산 숙영지의 '꿈'
허망한 영웅의 '꿈'을
다시 생각하게 합니다.

목회자 김신조는
매년 이 초리골을 찾습니다.
1968년
그들에게
4시간 30분 동안
포로가 되었던
나무꾼 '우 씨 형제들'
막내는
뒷날 경찰관이 되었습니다.
지금은 전직경찰관입니다.

'초심불망'
봉선사 주지
정수 스님의 글을 받고
초심을 되돌아보았습니다.

4월 1일
수원 살인사건,
강남 룸살롱 업주와
불순한 협력관계의 충격,
조직은 공황상태입니다.
희생과 봉사
국민의 안전지킴이란
경찰정신이 무너지고 말았기 때문입니다.

초리골
초계탕 원조
음식점 사장님
고객과 약속
자신의 다짐
'1만 원 가격 유지'를
15년 동안 지켜오고
있었습니다.

하물며…….

2012. 5. 26.

스물여섯 번째 편지

명성산

(923m, 포천 영북면)

산행도 끝나
집에 돌아온 시간
갑자기 우두둑우두둑
소낙비 창을 두드립니다.
반갑습니다.

명성산
하산길에 본
등용폭포
거대한 바위를
겨우 적시듯 흐르는 물
적은 수량을 보며
저 물을 타고
어떻게 용이 몸을 숨겨
하늘로 올라갔을까?

산정호수는
반쯤 말랐습니다.
오리 배도 멈췄습니다.

신문에서 본
황해도 합동농장은
바짝 마른 작물이
영양실조 걸린 배불뚝이입니다.

자연은
인간을 시험하고
인간은 변화를 통해
역경을 극복합니다.

명성산,
안타까운 태봉국 왕
궁예의 한 맺힌
울음소리 '울음산'입니다.

천 년 전,
무너지는 통일신라
민생도탄과 이를 기반으로
고구려를 재건하려 했던 태봉국 왕
민심을 잃은 궁예가
부하인 왕건의 반란으로
이곳 명성산에서
최후를 맞았습니다.

애마도 궁예도 산도 울었다는
명성산 유래
울 명, 소리 성 鳴聲山입니다.

민심을 얻은 궁예와
민심을 잃은 궁예는
아주 크게 다릅니다.
민심을 거스르는 것
바로 민심을 잃는 것이고
자신의 목숨을
내놓는 일이었습니다.

민심,
경찰에게는 초심(애민 국민중심 치안)이라고 생각합니다.

신아고개 지나
명성산 정상에서
궁예봉을 바라봅니다.

아름다운 나무와 바위는
비운의 역사와 아랑곳하지 않는 듯
산의 기운과 품격이
여느 산과 아주 다릅니다.
북녘땅일 때

222

김일성은
자신의 별장을 여기에 짓고
호사를 누렸을 명성산,
우람한 산세와
어우러진 '산정호수'
지금은 국민관광지로
자리 잡은 명성산입니다.

정상(923m)
삼각봉(906m) 궁예 약수터
억새밭(팔각정~승진훈련장 산자락에 조성)
등용폭포.

거리 계산 없는
5시간 20분 산행
있는 그대로의 산행을
즐겼습니다.

거리표시 없는 이정표
그 흔한 계단조차 없는
자연 그대로의 산길입니다.
억새가
거대한 군락을 이루고
산자락을 덮은 억새꽃

가을바람에
은빛 물결을 이룹니다.
지는 석양이 아쉬운
가을 햇살이
은빛 억새와 바람에
하얀 꽃(햇빛)가루를
파란 하늘에 화악 뿌립니다.

상상은
현실로 돌아와
억새밭 가운데
궁예 약수터에 이릅니다.

궁예왕과 민심!
민심은 무엇이었을까?

도탄에 빠진 백성
외로운 백성들
마음이 의지할 곳
백성의 그것이 되겠다는
궁예의 초심
그리고 초심을 잃은 궁예왕
산행 내내
민심과 초심이 따라옵니다.

경찰의 고민이
내내 따라온 산행입니다.

"힘든 산행을 통해
초심을 생각해보는
계기가 된 것 같습니다."
동행한 유 반장의 말입니다.
그도 나처럼
조직의 현실에 대한
고민을 하고 있었습니다.

길옆의 흔적
먹이 찾는 산짐승의
살아가는 생생한 모습
숲의 건강함을 보았습니다.

산색이 푸르고
숲은 깊어 푸근하니
숲이 산을 품은 듯합니다.
삼각봉(906m)
기상은 높고
가파른 절벽 소나무에
선비 같은 감동을 느낍니다.
산이 주는 가르침입니다.

225

경찰의 초심

민심을 거스르지 않는 것

국민이 원하는 경찰

안전욕구 충족

충실한 민중의 지팡이 역할

그리고 멋있는 깨끗한 경찰

이것을 국민이

마음으로 기대하는 경찰이라 믿습니다.

「초심 찾기」

힘든 산행에

각자 의미 있는 기회가

되었길 기대합니다.

포천 청렴동아리 화이팅!

2012. 6. 2.

226

스물일곱 번째 편지

도봉산

(739.5m, 다락 능선)

누군가
"차장님은 걷는
속도가 일정합니다" 한다.
아마도 그는
내가 걷는 것이
그의 생각과 기대보다
늦거나 적어도 빠르지 않다는 것을
그렇게 표현하고 있습니다.

그렇다
산행을 하면서
좋은 풍광 앞에서는
감동해 걸음을 멈추고
사진도 찍고
때론 느낌을 메모합니다.

더하면
걸음을 멈추고
뒤에 오는 사람을 기다립니다.

그렇게
숨 돌릴 시간을 가지면서
풀, 꽃과 나무를 얘기하고
뒤따라오느라 지친 동료를
앞세우는 핑계를 만들기도 합니다.

산에서는
빠름도 욕심이다.
욕심보다 산을
느끼는 것이 더 중요합니다.

다락 능선
자운봉 만장봉
신선대 관음암
송추계곡을 내려오는 산행
4시간 조금 더 걸렸습니다.

'다락 능선'
도봉산의 아름다운
바위와 봉우리를 마음껏
즐길 수 있는,
자운봉을 정면에서 바라보며 오르는
능선을 타는 코스입니다.

231

오른쪽 계곡 넘어
망월사가 그림,
도봉산 절경을 완성합니다.
신선의 세계가
따로 없습니다.

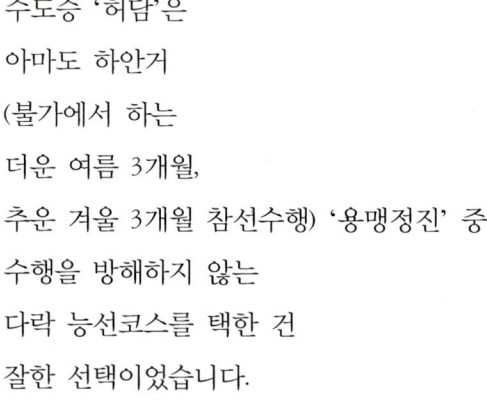

산이
아무리 아름답고
기암괴석 절경일지라도
사람이 없고
사람이 찾지 않는 산이
무슨 의미가 있겠냐 하는 산의 미학을 생각합니다.

수도승 '허담'은
아마도 하안거
(불가에서 하는
더운 여름 3개월,
추운 겨울 3개월 참선수행) '용맹정진' 중
수행을 방해하지 않는
다락 능선코스를 택한 건
잘한 선택이었습니다.

허담 스님!
용맹정진 성불하세요.

산에는
길이 있습니다.
최전방 민간인 없는 땅
(설마 길이 있을까? 하는)
깊은 산 속에도
사람이 만든 길이 있었습니다.
산의 길을 생각합니다.

억지 '길',
대리석(발이 힘든) 길
몽돌(지리산 능선) 길
나무계단(발이 피해가는) 길
그리고 그냥 사람이 지나가
저절로 난 산길이 있습니다.

햇빛이
길 위에 그림자를 드리우면
한 폭 추상화가 되는 길
그림 같은 다락 능선을 걸어갑니다.

산에는
(참진)참나무가 있습니다.
소나무를
몰아내는 활엽수

233

한수 이북 산을 점령한
참나무를 알고자 했습니다.

대략 6종,
신갈, 떡갈나무
졸참, 갈참, 굴참나무
묵을 쑤어 임금님 수라상에
올린 '상수리나무'가 있습니다.

잎자루가 없고
짚신 바닥에 깔았던 '신갈'

잎이 크고 떡을 싸던 '떡갈'
잎 뒤에 황갈색 털이 있음.

열매와 잎이 가장 작고
잎끝이 갈고리 모양 '졸참'

잎자루가 길고
잎 가장자리가
파도치듯 하는 '갈참'
나무껍질은 두껍고
잎 가장자리에
톱니 같은 침이 있고

뒷면 색이 흰 '굴참'
잎 가장자리는
톱니 같은 침이 있고,
잎 위가 넓은 '상수리나무'

그저
도토리, 상수리로만
알았던 참나무에 관한
오랜 궁금증 하나가 풀렸습니다.

공원 관계자의
배려가 참 고맙습니다.

다음에
실전으로 하나씩
자연에서 구별할 수 있는
눈을 갖도록 해야겠습니다.

굽이굽이
굽은 산길
말없이 걷는 길
빠른 길이 없고
질러가도 안 되는 길
산에 길이 있고

길에 스승이 있습니다.
"선수(동호인)에겐
산행이 좀 약했지?"

"아닙니다."

그렇습니다.
어떤 산도 쉽지 않습니다.

산은 높고 낮음
산은 쉽고 어려움의 문제가 아닙니다.
걷고 느끼고
느낀 만큼 얻어올 뿐입니다.

2012. 6. 8.

스물여덟 번째 편지

황산

(347.8m, 아산시)

눈 덮인   -서산대사-
들판을 걸어갈 때에는
모름지기
어지러이 걷지 마라
오늘 걷는 발자취가
뒷사람의 본보기가 되기 때문이다.

임진왜란
승병대장 서산의 시
아무도
보지 않을 듯한 야밤
의관을 바로 하는
선비와 하얀 두루마기
우리 조상
우리의 선비정신
눈 위의 하얀 발자국
또렷이 보았습니다.

'청렴', '부패비리'를
구차하게 설명할
필요가 없었습니다.
어느 시골
불이 활활 타오르는
산불현장에서
할머니를 등에 업고 나오는
경찰관의 사진 한 장,
(기자가 묻습니다.)
그 위험한 상황에 어떻게 그런…….
(충남공주서 김상봉 경관은 답합니다.)
그 상황에서는
어떤 경찰관도 다
그렇게 했을 것입니다.

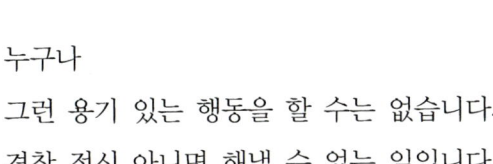

누구나
그런 용기 있는 행동을 할 수는 없습니다.
경찰 정신 아니면 해낼 수 없는 일입니다.

연탄재   -안도현-
함부로 발로 차지 마라

연탄재 발로 차지 마라
너는 누구에게 한 번이라도 뜨거운 사람이었느냐?

자신의 몸뚱어리를
다 태우며 뜨끈뜨끈한 아랫목을 만들었던
저 연탄재를
누가 발로 함부로 찰 수 있겠는가
자신의 목숨을 다 버리고
이제
하얀 껍데기만 남아 있는
저 연탄재를
누가 함부로 발길질할 수 있겠는가
나는 누구에게 진실로 뜨거운 사람이었던가?

'연탄재'를
발로 차는 이에게 묻습니다.

피범벅이 사람을
덥석 업어본 적 있느냐고
시퍼런 칼날 앞에
진땀 흘려본 적 있느냐고
물에 떠내려가는
사람을 구하려
강물에 뛰어든 적 있느냐고

누가 뭐래도
아직 희망은 있습니다.

목에 칼을 맞고도
끝까지 사명을 완수한 경찰관
인천서부서 이재경 경관이 있는 것처럼
아직 희망은 있습니다.

흔들리며 피는 꽃   -도종환-
흔들리지 않고
피는 꽃이 어디 있으랴
이 세상
그 어떤 아름다운 꽃들도
다 흔들리며 피었나니
흔들리면서
줄기를 곧게 세웠나니
흔들리지 않고 가는
사랑이 어디 있으랴
젖지 않고
피는 꽃이 어디 있으랴
이 세상 그 어떤 빛나는 꽃들도 다
젖으며 젖으며 피었나니
바람과 비에 젖으며
꽃잎 따뜻하게 피웠나니
젖지 않고
가는 삶이 어디 있으랴

(청장의 말씀)

경찰관 여러분

명예롭게 퇴직하시기 바랍니다.

더 이상

변명과 사죄의 말 말아주시기 바랍니다.

(치안정책과정)

(청장님 말씀)

99% 깨끗한…….

어디 갔습니까?

혁신과 쇄신 결과

다 어디로 갔습니까?

제도적 변화만으로 되지 않습니다.

'오원춘 사건'

현장중심 경찰의 허망함

이 무능과 불신을 넘어

진정 국민의 경찰

사랑받는 경찰로

다시 태어나려면

사람의 근본인

각각의 마음이 진정 변화해야 합니다.

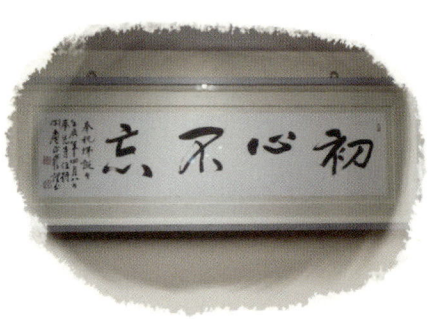

'초심 찾기' 프로젝트의 배경입니다.

(초심 찾기 교육)

청산은   -나옹선사-
나를 보고 말없이 살라 하고
창공은
나를 보고 티 없이 살라 하네
사랑도
벗어놓고 미움도 벗어놓고
물처럼
바람처럼 살다가 가라 하네

荒山(거칠 황, 뫼 산),
경찰은 어떤 역경에도
조금씩 미래를 향하여 발전해갑니다.

2012. 6. 16.

245

스물아홉 번째 편지

여수 EXPO

('12. 5. 12.~8. 12.)

아리랑
아리랑 아라리요
아리랑 고개를 넘어간다~♫

엑스포의 꽃
Big 'O' Show는
그렇게
우리 가락 아리랑을
전주곡으로 해서 시작합니다.

밤 9시 40분
두 번째 공연입니다.
1만 명이 넘는
관람객 대부분은
첫 회 공연을 본 사람들,
1시간 전 감동이
여전히 그 자리를
떠나지 못하게 합니다.

아리랑으로
시작되는 '빅 O쇼'
EXPO
결국은
국력의 전시장입니다.
사람들은 다 압니다.
나라의 위상을 확인하고
나를 확인하는 것입니다.

아리랑 아리랑
감동으로 다가옵니다.

거대한 자연
이름은 '바다'와 '연안'이
소년은 연안아! 바다야!
건강한 바다를 향한 외침,
미래와 희망을 부르는 노래입니다.
다양한 바다 생물,
가장행렬은 춤을 춥니다.

청색 반바지
흰색 티의 소년은
무대 위를 마음껏
날고 뛰고 높고 힘차게 차고 오릅니다.

꼭!
우리 민족의 숨은
에너지를 보는 듯합니다.

'빨리빨리'
생각하고 보면
전혀 부끄럽지 않습니다.
한때는
스스로 부끄럽게
생각한 '빨리빨리'
잘못 생각했었습니다.

긍정의 에너지를,
이제는 여유와
배려와 베풂으로,
독특한 우리만의 장점임을
알 때가 되었습니다.

기적의 에너지
자부심과 긍지의 원천은
'빨리빨리'였던 것입니다.
엑스포의 '주제'
바다는 미래의 보고
바다를 보존하는 것입니다.

250

'아쿠아리움'
온갖 물고기
고향 바다에 온 듯
힘찬 유영을 합니다.

자연이
그리운 사람들
뙤약볕 아래 2~3시간
줄을 서는 노고를 마다하지 않습니다.

'기후·환경관'
하얀 북극곰 모자
눈보라에 맞서는
위용과 당당한 걸음걸이,
환경파괴와
인간의 무관심에
죽어가는 새끼 곰
지켜보는 어미 곰의
눈망울이 너무 서럽습니다.
경찰
EXPO 준비팀을
꾸리면서 가장 우려한
교통문제는
KTX와 이순신대교 개통

시내버스 무료운행으로
깨끗이 해결했습니다.

대형행사에
늘 따라다니는
혼잡과 장시간 줄서기,
남이 가면
나도 간다?
피해 갈 수 있습니다.
인식의 태도 문제입니다.

국제관
주제관과 기업관,
볼거리가 많이 있습니다.
조금
한가한 주제관,
향유고래형의 첨단건물
'바다와 오염과 회복'
바다 EXPO의 핵심을
다 관람할 수 있었습니다.
여유 있는 관람이었습니다.

'디지털 갤러리'
200m 초대형

돔형 모니터에는
'살아 있는 바다
숨 쉬는 연안'이
디지털 영상으로
'아쿠아리움'보다 화려한 바다를 연출합니다.
우리의 기술이 만든
한강의 기적 실상입니다.

스마트폰 작동,
현장에서 찍은
사진을 바로 전송합니다.
사진은
향유고래의 몸이 되고
움직이는 작품이 되고
디지털 향유고래가 됩니다.
꿈이 현실이 됩니다.
국제관은
가난한 나라와
부자 나라의 극명한
국력의 차이를 보여줍니다.

선진국들은
철저한 자국중심 자랑
스웨덴은

254

북극에서 채취한 만년설을
러시아는
북극항로 개척논리,
쇄빙선의 북극탐험을
스페인은
700개 바다 심층수 채취
자원화 연구를 자랑합니다.

시멘트 사이로의
대변신
파이프오르간
저음이 전시장을 흐릅니다.

2012. 6. 23.

255

256

서른 번째 편지

우이령길

(6.8km, 서울 양주)

장흥
우이령 입구
'풍년고을'에 들어설 때쯤
장대 같던 빗줄기는
가랑비가 되었습니다.

오랜 가뭄 뒤
첫 여름비는
장맛비(87mm)입니다.

사람으로 치면
사나이다운 비,
(사람들에게) 가뭄 이길 수 있겠어?
시험이라도 하듯
눈감고 모른 척하더니
저수지 바닥이 보일 때쯤
쏟아 붓는 비입니다.
여하튼 속이 시원합니다.

비 좀 맞자
기분 좋은 비
비 좀 맞으면 어때!
혼자 채비를 하고 나섭니다.
비와 내가
우이령(소귀고개)을
동반자 삼아 넘었습니다.
풍년고을 앞
비는 돌아가고
나는 허기를 채웠습니다.

혼자가
좋을 때가 있습니다.
비가
오든 말든 상관없이
생각 속에 빠지고
스스로 되묻고
그리고 산 한 번 보고
계곡을 흐르는
물소리에 귀 기울여
답을 구하기도 합니다.

길 위에
물길이 선명합니다.

작은 물이 흐르고
물은 처음 길을 내고
모인 물이 또 지나가고
물은 작은 계곡을 만듭니다.
자연의 힘,
자연에서 배우는
정직함
평범함 속의 지혜
자연은 참 아름답습니다.

소리만 아닌
눈으로 보는 물,
계곡은 물이 넘치고
쏟아지는 물소리
귀로 들으며
눈으로 보았습니다.
물, 물이
아름다운 그림입니다.

멀리 숲이
바람으로 흔들립니다.
나무가
내게 말을 거는 듯
손을 흔들고 있습니다.

착각이라도
나무와 내가 통한다는
생각을 합니다.
혼자 배가 부릅니다.
멀리 손을 흔들어 답합니다.

'초심 찾기'
교육을 다녀오고,
모든 사람에게
초심으로 돌아가야 한다!
초심을 찾지 못하면
국민의 신뢰, 사랑을 되찾지 못한다!
그러나
초심이 어디 있나?
이 초심이란 무엇인가?
그것을 모르고 말했습니다.

초심!
(경찰관)의 초심입니다.
'경찰관다움'
'경찰관다운 행동'이
우리의 초심입니다.

'다움'은
희생과 봉사의 자세
'다운 행동'은
국민의 안전을 지키고
위험에 처한 국민에게
기꺼이 구조의 손을
내미는 것입니다.
이것을 바탕으로
조직에 대한 자부심
긍지를 되찾는 것
이것이 '초심 찾기'입니다.

북한산
참나무가 병들어 있습니다.
'참나무 시들음병'
이 땅의 주인
소나무를 밀어내고
우리 산의 대부분을
점령한 참나무가 병이 들어
나무마다
노란 깁스(끈끈이 롤 트랩)를 하고 있습니다.

길가의
'국수나무'는 싱싱합니다.

숲의 보호자
숲의 건강함의
척도가 되는 나무입니다.
껍질을 벗겨보면
속살이 국수 가닥을 닮아
붙여진 이름 '국수'
배고팠던 시절
생겨난 이름 아닐까
그 시절 잊지 말라는
설움이 묻어나는 이름

숲에서
길을 잃은 사람
국수나무를 만나면
나무를 따라가면 됩니다.
길을 만나게 됩니다.

오리나무,
생기가 넘칩니다.
'60년대
헐벗은 우리 산에
사방공사를 위해 심은
(리기다소나무, 아까시 등)

나무의 하나입니다.
옛사람들
거리표시를 위해
오 리(2km)마다
심었던 데서 유래된 '오리나
무'
왠지 친근하고 정겹습니다.
열매 성분은
주취 해독제(여명808)입니다.
저마다의
존재 이유가 있습니다.

병과 치유,
내 문제
내 안의 '초심'입니다.
그 해결법도 내 안에 있고
내가 끄집어내야 합니다.

2012. 6. 30.

264

265

서른한 번째 편지
상백운대
(560.5m, 소요산~쇠목고개)

'누가 내게
자루 없는 도끼를
빌려주지 않겠는가?
내가
하늘을 떠받칠
기둥을 찍으리라.'
신라 고승
원효(617~686)대사가
신라 방방곡곡을 돌며
부른 노래(프러포즈)다.

원효의 뜻을
알아들은 태종무열왕,
삼국통일
초석을 다진 영웅
그도 홀로된 딸을 둔
인간적인 아버지였던가?

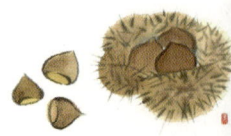

일찍이 홀로된
딸이 머무는 요석궁에
원효를 들게 했습니다.
신라의 로맨스는
파계승과 설총,
대학자를 낳았습니다.

소요산,
원효가 입산
창건한 자재암(645m)은
수도처 원효굴
공주와 아들 설총이
머물던 요석 별궁이 있던
유서 깊은 산입니다.

깨우침의 궁극
계율을 지키는 데 있는가?
궁극이 중생구제였던가?
원효의 아들
설총은 이두
(한자를 이용한 우리말 표기,
삼국시대～19세기 사용)를
창제(정리?)했습니다.

원효도
무열왕도 옳았습니다.
09:00시
요석공원 출발
수위봉 아래 임도 마무리 15:20분,
6시간의 산행이었습니다.

하백운대, 중백운대, 상백운대 '천마' 발견
칼바위 명품 소나무 구경 쇠목고개까지 8.5km.
30도의 무더위 속 강행한 산행이었습니다.

길가 숲에서
발견한 야생천마
천마 한 뿌리를 찾았습니다.
이미 꽃이 피었다 지고 있는
상품은 못 됩니다.

천마

하지만
수많은 풀 속에서
찾아내는 눈
안목은 벌써 다릅니다.
심마니라도 된 듯,
철 지난 산딸기며
머루, 다래가 눈에 보입니다.

100여 일
혹독한 가뭄이다 뭐다 해도
숲에서는
꽃이 피고 산머루, 다래가
익어가고 있었습니다.
자연의
생명력이 아름답습니다.

다래

안목 있는!
그렇습니다.
이상한 풀을 찾아도
'천마 맞다!'라고
말할 수 있는,
아무리 귀한 약초가

있다 한들
그것을 발견, 구별함
그것은 결국 사람입니다.

산머루

지난주
고양서 현관에서 본
「결국
사람」이 생각났습니다.
시스템화
시스템의 완비를

개선의
전부인 양 얘기합니다.

그럼에도
반복되는
미숙한 112신고 대응
어처구니없는 자체 사고,
사람의 문제
사람 교육의 문제입니다.

칼바위
하산길은
원시림 그대로
천마가 발견될 정도
낙엽이 쌓이고
빗물에 미끄러운
고목이 널려 있습니다.
길을 잘못 들었습니다.
계곡으로 빠지는
길 없는 길입니다.
그때
앞서 가는 신현경
그는 거침이 없습니다.

신현경
3년 6개월에 걸쳐
백두대간 종주
그런 그가 오늘의 리더
그도 백두대간 종주 중에
몇 번인가 포기하고
싶은 적이 있었다고 했습니다.

경험 많은 신 대장
"한국 산 다 오를 수 있어요."
"안 되면 내려가면 됩니다."
자신감 넘치는 말
길을 잃을지 모른다는 두려움은
벌써 사라졌습니다.

산전수전
위기를 이겨낸
경륜 있는 사람
「결국 사람」이 답입니다.
그는
등산화를
나일론 끈으로 묶고
끝까지 등산을 했습니다.

출발한 지
얼마 되지 않아
등산화 밑창이
떨어져 나풀거렸습니다.
쉽게 포기를 결정할
그런 상황
의연하게 주황색 끈으로
등산화를 응급 수리합니다.
그리고 훌륭하게
산행을 이끌었습니다.

매미 소리
산에서 듣는 소리는
아파트단지의
소리와 아주 달랐습니다.

자연의 힘입니다.

2012. 7. 7.

274

서른두 번째 편지

천보산

(내려오기, 양주)

회암사 메시지,
'내일 아침
비가
조금이라도 내리면
절대 오려 하지 말게나…….'

비를 핑계로
산에 오르지 않겠다는
의사표시입니다.
허벅지 근육에
문제가 생겼습니다.

지난주
우승 욕심을 냈다가
결국 화를 불렀습니다.
욕심이다
싶으면 한발 물러서는 것인데,
'이번이 마지막이다' 하는

욕심 탓입니다.
욕심은 화를 부릅니다.

의중을 몰라
그런 것은 아닐 텐데
기어이 회암사 마당까지
올라온 산꾼들
상황을 몰라서도 아닐 텐데
야속합니다.

핑계도 준비하지
못했는데……
마침 지나가는
한줄기 굵은 비
이때 비가 고맙습니다.
"나는 그냥 내려가야겠어……."
해서
내려만 가는
오늘 산행길이 되었습니다.

산행
간담회를 시작한 후
눈이 오나 비가 오나
걸림 없이 해온 토요산행

다리에
이상이 생기니
도리가 없습니다.
건강의 고마움이
새삼스럽게 느껴집니다.

칠봉산
천보산
하나하나
예사롭지 않은 산입니다.

산의 기운이 그렇고
지공 나옹 무학대사가
주석했던 당대 최고의
회암사가 있었던 산 아닌가?

지금 절터는
폐허가 된 채 발굴 중,
비 맞은 기왓장
부서지고 깨진 몰골로
여기저기 널브러져 있습니다.
'폐사지'에서
서럽게 바라보고
귀하게 느껴오는 것

하나씩 찾아보고
만져보리라 생각했습니다.

1997년 3월
성묘객의 실화로
고려 공민왕 왕사,
선각왕사(나옹화상)비
(1377년, 보물 387호)의
비신은 불타고
남은 기단(불에 타 깨진
형상만의 거북)의
험한 몰골을 보았습니다.

불길 한 번에
사라진 620년의 역사기록
새하얀 대리석의
모조품은
차라리 한편의 희극입니다.
붉은 황토를
한 입 한 입 물어다가
아름다운 성을 쌓듯
철옹성 성벽을 쌓은
비 온 뒤의 개미집은
진실과 용기로 보았습니다.

무너질 수 있다.
빗물에 쓸려갈 수 있다.
그래도
비 갠 지금은
새집을 지을 때
개미의 용기를 보았습니다.
원망도 미움도 없는 개미의
꿋꿋함을 보았습니다.

한 알 한 알
새로 쌓아올린 개미집
붉은 황토색
개미집 흙은
높이 쌓여만 갑니다.
흙 속의 일꾼개미
말없이 자신의 일을 합니다.
저 힘은 어디서(?)
어떤 에너지(?) 궁금합니다.

절골,
(옛 골짜기
이름보존회의 사업)
오래된 마을에 가면
한 개쯤 있는 지명 '절골'

절이 있던 지역, 고을
골짜기에서 유래된 이름,
잊혀가는
소중한 것들에 대한 깨달음입니다.

7남매 중 맏이
스님은 한동안
어머니 보살이
손수 농사지은
쌀 공양을 거절했답니다.
(노모와 6남매의 삶)
보살님 뜻을 안 건 뒤,
"어머님, 쌀 시주해주세요."

지환 스님의 뒤늦은 깨달음,
새삼 소중함을 느낍니다.

비신 없는 옥개,
흙탕물 흐르는 계곡
누군가의 정성과
소원을 담았을 돌탑,
회암사지를
덮을 듯한 망초 꽃밭
선인들의 숨결을 느낍니다.

대목장이 쌓은
무너져 내리는 돌 축대,
깨진 한 무더기 기왓장,
폐허 속 축대 틈에
피어난 씀바귀 꽃,
하나하나 눈을 시리게 하는
작고 소중한 것들입니다.

내 곁 주변에
버림받고 있던
소중한 것들의 숨결,
강한 생명력의 증언
그것들이 주는 기쁨
새롭게 찾은 행복을
산 아래에서
마음껏 담아온
천보산 산행이었습니다

2012. 7. 14.

서른세 번째 편지

천보지맥(2)

(8.8km, 양주)

종주
양주 어하고개~
신청사가 있는 천보산,
어하고개, 돌탑바위,
백석이고개, 탑고개,
천보산 정상, 신청사,
천보산 정상(336.8m)까지
능선 8km는
오르내림이 평탄한
산행코스로
걷기에는 부담 없는,
MTB 코스가
개발된 레저스포츠 개념의
천보지맥 종주입니다.

아직
회복되지 않은 다리
산행 시험 8km에서

286

「빠름보다 꾸준히」를
다시 생각게 되었습니다.
눈에
보이지 않게
쩔뚝거리며 걷는 산행
「균형과 형평」의
중요함을
다시 생각하는
기회가 되었습니다.

어하고개,
임금(태조 이성계)이
가마에서 내렸다는 데서 유래된 이름
스승인 무학대사가
주석한 회암사와
신덕왕후 강씨가 있던 곳(부인터)을 오갔던 이야기
지명에 이렇게
고스란히 담겨 있습니다.

다른 이름(어하고개)은
'원 바이 고개'
'바이'는 '바위'로 읽기도 합니다.
6·25와 미군
미군들의 작전지역 표시로
영어 Y1로 썼습니다.

287

즉, Y1은
원 와이로 읽고
이 말은 원 바이, 원 바위로
들렸던 것입니다.
회암산 방향 회암고개가
투 바이(Y2) 고개입니다.
지명 유래가 재미있습니다.

능선을
올라서는데
계단 작업하는 사람의
손바닥이 빨간 실장갑과
물병이 놓여 있습니다.
사람이 있었다면
"수고하십니다. 감사합니다."
한마디 인사라도
건네고 지났으면
덜 미안했을 듯합니다.

이 더위 속
일하는 일꾼과 산꾼
한동안 미안한
마음이 따라왔습니다.

마침
누군가 쌓아놓은
돌탑이 눈에 들어옵니다.
세상 사람들
소원도 많구나 하는데
뒤에서 "누구도 돌탑을 허무는 사람은 없답니다" 한다.

섭씨 34도
한여름 더위입니다.
지난 태풍에
젖은 수분이 증발하며
안개가 자욱한 것처럼
온통 시야가 어둡습니다.

그래도
자연은 이런
더위와 습도 속에서
소리 없이 계절을 누립니다.

원추리 꽃이 피고
도토리 열매가 여물고
이끼도 반짝반짝
빛이 나는 듯합니다.

사람은
더위에 지쳐도
더위 속 자연은
생명의 기쁨을 만끽하고 있었습니다.
눈은 자연을 즐기고
다리는 묵묵히 걸었습니다.

어하고개를
출발한 지 4시간여
능선 길 마지막
탑고개에 다다랐습니다.
쩔뚝쩔뚝
조심스러운 발걸음으로
8km의 산행

또 무리했습니다.
이때 떠오르는 생각

「빠름보다 꾸준히」

어느새
뒤뚱거리던 걸음
균형을 찾고 있습니다.
느리고 힘들어도
균형 있는 발걸음이
여기까지 데려왔습니다.

「균형과 형평」을
생각했습니다.

탑고개,
천보산 정상(336.8m)을
바라봅니다.
가파른 산길
턱에 숨이 차도록
30분은 올라야
새 청사의 전경을 볼 수 있습니다.

대지 8천 평
건평 5천 평
지상 8층 지하 1층의
참수리 형상

291

비대칭의 탈권위적
청사가 8월 준공과
입주를 기다리고 있습니다.

연천사람
산악회 이름으로
작은 소나무 한 그루를
연천에서 가져와 심겠다 합니다.
「소나무」
정신을 높이 삽니다.

경찰정신은
대나무 같아야 합니다.
기후가
안 맞는다면
굵은 「대나무」를
묵으로 치면 어떨까?

청사 입주에 앞서
마음의 준비
입주의 자세
청의 비전이 무엇이
되어야 할지 고민합니다.

2012. 7. 21.

292

서른네 번째 편지

국사봉

(754m, 포천 왕방산)

전국의
최고기온 37℃(대구)
더위는 절정으로 치닫고
하루 한두 차례
쏟아지는 소낙비,
무더위 속에서도
일상을 이겨내는 기운
활력을 유지하게 하는
자연의 에너지

한여름
소낙비가
맑은 하늘에서
쏟아지는 것은
어떤 이치인가?
자연의 섭리일까요?

한 주 만에
오르는 왕방산,

가슴의 찌릿한 통증은
한 주 동안 움츠린
허파꽈리가
충분한 공기와 산소를
빨아들이기 위한 팽창
이때 생기는
세포의 신음일 듯합니다.
가파른 산길을
안타깝게 서둘러 오릅니다.

'새목고개'
출발지점에
도착한 건 08:00시,
새목고개
국사봉 왕방산 경유
오지재까지 내려오는
소요시간 3시간 15분 산행

출발지까지
따라온 긴급전화
「긴급 화상회의」
산행계획을
변경해야 했습니다.
아쉬운 순간입니다.

297

사유가
기가 막힙니다.
복무기강 해이와
'무사고 ZERO 선언' 후
전국 최초
음주사고가
발생했기 때문입니다.

산행은
자욱한 안갯속에
숨 가쁜 오르기 25분
내려오기 20분 만으로
아쉽게 마무리했습니다.

「음주방지 대책」 보고

술,
문제의 술을,
시인 천상병은
'막걸리는 술이 아니고
밥이다.
밥일 뿐 아니라
즐거움을 더해주는 하나님의 은총이다.'

시인은
우리 술 막걸리(술)를
생명의 밥이고 하늘의 은총,
술을 극진히 예우했습니다.

연산군(연산일기 중)
막걸리(술)
너를 누가 만들었더냐?
한 잔으로 천 가지 근심을 잊어버리네……

폭군에게도
혼자 풀어야 할,
술로 풀어야 할
근심이 있었나 봅니다.
술을 만병통치
명약으로 보았습니다.

그러나
꽃은 반만 피었을 때
가장 아름답고
술은 적당히 취했을 때
가장 아름답다고 했습니다.
'더'와 '다'는 욕심
조금 다음은 겸양입니다.

버리면 다 얻을 수 있고
물러서면 더 볼 수 있는데
그것이
쉬운 일은 아닌 듯합니다.

양폭이
소폭으로 진화하고
폭탄이 반주가 되고
폭탄주가 돌아가고 있는 한,
(내가) 살아남긴 틀렸습니다.
같이 죽는 수밖에 없습니다.

술이
사람을 먹기 때문입니다.

차와 술의 대화
다주론(왕부, 당나라)을
소개하겠습니다.

차는
백초의 우두머리요,
제후의 저택에 바쳐지고
제왕의 거처에도 올린다네.

때맞춰
신선한 것을 바치니
일생 동안 영화를 누리고
자연히 존귀할 수밖에 없네,
어찌 과장해서 논하리오.

술은
예로부터
군신이 화합하는 데
술의 공이 커서
술이 있는 곳에
'인의예지'
덕이 생기고
존귀하게 되었는데
다른 것과 비교하겠는가?

차는
고승대덕이나
부처님 공양물로 쓰였고
술은
마시면
패가망신하고 사악해진다네.

술은
귀인과 공경들이 흠모하였고
차는
흥겨운 노래나 춤을
출 수가 없으며
병을 얻을 것이다.

차와 술의
대화는 진지하고
승부를 가릴 수 없습니다.
차와 술
끝내는 진검승부를 합니다.

「차는 병을 부르고
술은 패가망신을 한다.」

지나치면
다 죽는다는 소리입니다.
세월 앞에 장사가 없듯
술 앞에는 장사가 없습
니다.

변화를 읽지 못해
변화에 적응 못 하는 사람은
추합니다.
변화를 만들어
변화를 이끌어가는 사람은
존경받습니다.

2012. 7. 28.

왕방산(2)

(737m, 포천)

왕방산은
살아 있었습니다.
억새도 패고
억새 잎은 날이 섰습니다.

생강나무
열매를 처음 보았고
요즘은 보기 어려워진
메뚜기가
발아래로 튀어 오릅니다.

산행길 곳곳에
두더지가
흙을 파고 먹이를 찾은
흔적도 볼 수 있었습니다.
침 흘리는 손자에게
할머니가 삶아 주시던
약이기도 합니다.

건강한 산
나무는 활기 넘치고
나뭇잎은 윤기가 흐릅니다.
다양한 생명들이
서로서로를 배려하며
살아가는 건강한 산의 질서
한눈에 알아볼 수 있습니다.

비 온 후
습도까지 높아
줄줄 땀 흘리며 급히 올랐던
첫 왕방산 시도
국사봉을
백여 미터 앞에 두고
발길을 돌려야 했던
상황과는 다릅니다.

쾌청한 하늘
하늘에 하얀 구름까지
신비하고 아름답습니다.
오늘 재도전을
축하라도 하는 듯합니다.

덕분에

태백산 종주
산악대장 없이도
7.4km 새목고개~국사봉
~왕방산~오지재 코스를
4시간여 만에
무사히 마쳤습니다.

한 발 한 발
뚜벅뚜벅 걸어 오른 국사봉
표지석 하나 없습니다.

돌 위에 새긴
이름과 해발 몇 미터 하는
표지석,
그동안
별 의미 없이 보았던
흔한 돌 표지석이
산꾼에겐
얼마나 큰 위로였는지
새삼스럽게 깨달았습니다.

국사봉 멀리
왕방산을 바라봅니다.
위용이 대단합니다.

광해군이 사냥했다는
'왕방산'
무엇을 잡았을까?
노루를 잡았다는 것일까?
전쟁(임란) 뒤
백성의
고달픈 삶을 잡았다는 것일까?

녹음 짙은 숲 국사봉~왕방산 길
어렴풋이 보이는 능선 따라
눈이 먼저
길을 만들어봅니다.

막막한
산속에서 길을 찾고
건강한 두 발이
길을 더듬어 나아갑니다.

산행은 땀 흘려
길을 찾아가는 일입니다.
산의 지혜가
숨겨져 있기 때문입니다.

국사봉에서 본 왕방산
왕방산에서 본 국사봉

제자리에서
보지 못하는 것을
건너편 산에서는 봅니다.

제 발밑의
보물을 보지 못하는
사람의 어리석음을 보듯
평범한 것,
작은 것, 하찮은 것,
땀이 주는 기쁨 같은 것
산에서는 느낄 수 있습니다.
산에서 배웁니다.

왕방산 정상
5백여 미터를
백 미터씩 끊어서 오릅니다.
숨이 턱까지 차고
다리는 쉬어 가자 보챕니다.
느림과 끈기
정상을 오르는 지혜입니다.

작은 것
깔보지 마라!
나뭇가지에 걸린 '리본'

정상에서 나누는
수박 한쪽
얼마나 감사한지
그것 우습게 보지 마라.

땅콩 남현희의 발로 하는
한국식 펜싱이
세계를 찌르는 것을 봤잖은가?
한국 하찮게 보지 마라.
일본 사람들아!
LONDON OLYMPIC
심판 똑바로 봐라.
영국 사람들아!

꼭대기
너무 좋아하지 마라.
중국 사람들아!
꼭대기 늘 위태롭다.
잠자리처럼
나무 꼭대기
풀잎 끝에만 앉는 잠자리
결국은
제비 밥이 되더라.
(제비집 아래는 죽은 잠자리가 많다.)

위험한 꼭대기
너무 좋아하지 마라.
그것도 지혜더라.

꽃 이름 '시호'와
풀꽃 '여로'를
처음으로 만났습니다.
처음 보는 꽃
식물도감을 찾았습니다.
이름을 부르겠습니다.

시호! 여로!
어머니 이름을 부르듯
(아버지한테는 들어보지 못했을 이름)
송정희!
어머니 이름을 부르듯
처음 만난 꽃 이름
시호와 여로를 불러봅니다.

2012. 8. 3.

서른여섯 번째 편지

해룡산

(661m, 동두천)

하늘이
아름다운 계절이 왔습니다.
하늘을 향해
당당한 사람이
내 목표를 이루겠습니다.
내가 최고는 아닐지라도
피땀 흘린 노력
결실을 거두어가도록
허락하여 주십시오.
파란 하늘을 향한
간절한 기도는 당당합니다.

푸른 숲 아래,
무더위와 이상 폭염
지독한 가뭄
바닥을 드러낸 저수지
여름 기상이변
그 속에서도

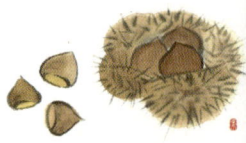

꽃이 피고 열매가 익고
실하게 익어가는
열매는 자연의 마지막
당당한 유혹의 결실입니다.

누구
나보다 더 많이
땀 흘린 사람이 있다면
그가
금메달을 가져가도 좋다(레슬링 김현우).

시멘트
포장도로를 따라가듯
흔한 질경이가
고집스럽게 따라옵니다.

잎은
배고픈 시절 봄나물
꽃대는
뙤약볕 아래 놀잇거리입니다.
사람 곁에 살아온
질경이 꽃대를 뽑아보면
야생의 억센 힘을 느낍니다.

질경이는

경쟁과 생존을 위한 힘을
가르친
고집스러운 선생님입니다.
초가을
장식하는 꽃 중에
들국화, 원추리, 붉나무,
칡꽃, 억새가 아름답습니다.

칡은 막 꽃이 피고
들국화는 아직 이릅니다.
붉나무는 봄꽃보다
화려하게 산을 장엄합니다.

원추리는
지리산의 노고단 군락
남해의 섬 '홍도 원추리'가
장관입니다.
온 산을 덮는 아름다움
말로 다 그릴 수 없습니다.

억새는
막 피기 시작합니다.
파란색 하늘 속에
몇 가닥 수를 놓았습니다.

자메이카
육상선수 우사인 볼트
100m, 200m 세계신기록 보유
올림픽 3종목 2연패
대기록 대선수입니다.

하늘을 향해
활을 쏘는 듯한 멋진
금메달 세리머니를 합니다.

나는 모든 것을 이루었다!
나는 전설이다!

프로 권투선수
떠버리 '알리'가 생각납니다.

중국인
15억의 우상
올림픽 110m 허들 금메달리스트 '류시앙'
베이징 올림픽에 이어 또다시
부상으로 경기 포기
쩔뚝거리는 몸으로 돌아와
마지막 '바'에 작별의 키스
팬이 많은 배우 같습니다.

결선 진출이
목표인 선수도 있습니다.
리듬체조 손연재
서양인들의 독무대,
동양인 결선진출이
금메달보다 더욱 빛납니다.
빛나는 진주
메달을 걸어주고 싶습니다.

모두 고생했습니다.
모두 승자라는
말만으로는 부족합니다.

정직한 스포츠
땀 흘린 만큼만을 원합니다.
오판과 판정 속
아람이(펜싱)와
조근호(유도)는 제힘으로 기어이
동메달을 목에 걸었습니다.

(기자 질문)
후배들이
(병역면제 결승골)감사해 하겠다.
아닙니다.

같이 뛴 후배들에게
더 감사해야지요(박주영).

한국 청년들
생각도 키만큼 컸습니다.
행동과 의식이 당당합니다.
당당한 모습이
멋있고 대견스럽습니다.

6산 종주
마차산, 소요산, 국사봉,
왕방산, 해룡산, 칠봉산
50.3km를 마무리했습니다.

마지막
해룡산~천보산 구간
(오지재~회암약수터)을
3시간 30분 만에 완주했습니다.

해룡산 정상,
군부대 텃밭에는
방울토마토가 탱글탱글
파란 하늘
맑은 햇빛 아래 익어갑니다.

멀리 지나온
수위봉, 국사봉, 왕방산이
철조망 뒤로
그림처럼 아름답습니다.

젊은이들
서울광장으로
2002월드컵 응원처럼
동메달 결정전,
한·일(2:0) 축구 철야응원전을 벌입니다.
스포츠로
국민이 하나가 되었습니다.

2012. 8. 11.

323

서른일곱 번째 편지

중현산

(588.8m, 포천 신북)

함석지붕,
삼정골(리) 양철지붕이
오늘따라 정겹습니다.
텃밭의
한쪽은 비어 있고
길가의 한 두럭 밭에는
싱싱한 '파'가
그대로 비를 맞고 있습니다.
파 냄새가 코끝을 스칩니다.

농촌변화는
지붕개량에서 시작했고
그것은
대한민국
변화의 시작이었습니다.

사라진 초가
사라진 함석(양철)지붕

그것은
'우리는 할 수 있다'는
깨달음이 되고
새 시대의 출발이었습니다.
종현산 아래
하늘색 양철지붕은
'변치 않는 것도 있어야 해'
하는 주장인 듯합니다.

맑은 계곡물,
물속 자갈이
깨끗한 모양을 보란 듯
물속에도 빛이 납니다.
그렇게
쏟아진 호우에도
이렇게
맑은 물이 흐르는 걸 보면
산이 깊고 숲이 짙은 것을
쉽게 짐작할 수 있습니다.

삼정리가
고향인 박종원.
징검다리를 건너다 말고
쪼그려 앉아 세수를 합니다.

얼굴을 씻다
살아온 대처의 삶
자신의 지나온 과거를 돌아보지는,
후회하지는 않았을까
생각했습니다.

누구도
오르지 않았을
험한 코스를 택했습니다.
낙엽이 쌓여
스틱이 푹푹 들어갑니다.

비에 젖은 낙엽
헛디딘 발걸음은
쭉쭉 밀려 내립니다.
온몸에
땀이 비 오듯 흐릅니다.

588고지
얕잡아보고
택한 가파른 산길
과욕이 사람 잡겠네!
숨은 거칠고
헉헉 소리 내어 숨을 쉽니다.

328

어지간히 지쳤다 싶을 때
영지
발아래 '영지'가
환하게 웃고 있습니다.
영지버섯이
꽃처럼 아름답습니다.
죽은 참나무에서만
발견되는 버섯입니다.

하늘말나리,
하수오, 더덕, 영지,
신기한 버섯을 보았습니다.

조폭처럼
다른 나무를 누르고 휘감아
죽이는 산의 '조폭'
'칡'의 천적을 보았습니다.

처음 본
넝쿨 식물은
칡넝쿨을 꼼짝 못하게
칡이 하듯 칡을
누르고 휘감고 있었습니다.

삼정승 은둔지
종현산 계곡은
그렇게 원시를 간직하고
있었습니다.

남이
오르지 않은 산에는
다른 사람이 보지 못하는
다른 사람이 얻지 못하는
무엇을 얻을 수 있었습니다.
땀과 고통
인내가 필요하긴 해도
결실의 순간
모든 것을 가진 듯
후회 아닌 만족을 얻습니다.

「신청사 입주」
준비과정의
설계와 예산 변경
독립청이 되지 못해
거기서 생기는 동력의 부족
그러나 잘 이겨냈습니다.
마지막
시험가동을 하고 있습니다.

새 청사 입주가
청 도약과 조직화합의 계기가
되었으면 하고 기원합니다.

주말특집,
WHY(조선)
연극 '댄스 레슨'의 주연
「국민 어머니」 고두심과
인터뷰 기사를 읽었습니다.

첫 질문
드라마 출연하기도 바쁠 텐데
연극무대에는 왜 오르느냐?
(지금 인기로 족할 텐데……)
그녀의 대답,
"고인 물이 되기 싫어서
연극엔 편집이란 게 없어."

나태하지 않은 연기로
목숨을 건
진검승부를 하겠다는 말이었습니다.
덧붙여
6개월간 매일 7시간씩
연습을 했다고 말합니다.

다시 질문,
고두심 같은 연기자가 되고
싶어 하는 사람이 많습니다.
그녀의 답,
"정말 무섭지.
그래서 비틀거리질 못하지.
연기 이전에
내 삶이 반듯하게 서 있고,
당당하게 서 있어야 하니까."

삼정승 은둔
역성혁명에 동조할 수 없던
충신의
절개를 대한 듯
단단한 국민 어머니의 내면을
접할 수 있는 글이었습니다.

2012. 8. 18.

서른여덟 번째 편지

칼봉산

(899.8m, 가평)

산을 올랐다?
아니다.
물길 따라 올라갔다
물길 따라 내려왔다.

산을 정복했다?
아니다.
자연의 위력과
사람은 자연을
이길 수 없다는
사실을 확인하는 기회였다.

정상에서 길을 잃고
정글 같은 숲 속에서
살아남기 위해
길을 만들고
마침내 물소리를 찾고
물소리 따라 내려온
산행은 고행이었습니다.

고요한 산사
저녁 늦게까지
차를 마시고,
새벽녘에 듣는
빗소리는
귀를 원망하게 했습니다.

칼봉산 산행
강행할까? 그만둘까?
동료들과 하는
산행은 이런 결정 앞에
여간 망설여지지 않습니다.

목탁 소리,
새벽 도량석
(새벽 3시 목탁을 두드리며-
일어나라고-절 마당을 돈다.)
스님 법력에
비가 물러나는 것인가?
창호지 문틈
검은 비구름은
'운악산'
산마루를 넘고 있었습니다.

경반계곡
회목고개
칼봉산(연인산 한 봉우리)
용추계곡 11.5km, 5시간

불길한 산행을
예견이라도 한 듯
초입부터 가던 길을
되돌아오고 말았습니다.

든든한
철 다리 아래로
흐르는 굵은 물소리
화(성질)까지 삼켜버립니다.

징검다리를
팔짝팔짝 건너뛰는
물과 돌밭 길의 반복
그런 고행은
'회목고개'까지
따라 올라왔습니다.

계곡과
물소리가
정상까지 동행한

338

칼봉산 산행이었습니다.

칼봉 정상
기대한 '운해'를
볼 수는 없었습니다.
넓은 시야를
보여주지도 않았습니다.
'연인산' 정상을
볼 수도 없었습니다.

899.8m 표지석
칼봉 정상에 서는 순간
몰려온 먹구름
굵은 빗줄기로
'환영인사'를 대신합니다.
거친 인사였습니다.

깔딱고개 없는 산행
깊은 계곡
물소리까지 동반한 산행에
질투의 메시지였습니다.
아마추어 안내자가
멈칫멈칫 뒤를 돌아봅니다.
길이 없습니다!

'길이 사라졌습니다.'

불길한 예감
몇 번의 계획 변경이
이런 결과로 나타났습니다.

길을 잃은
산꾼의 난감함
눈 없는 발에 의지합니다.
감각에 맡긴 발걸음
막막함은 두려움이 됩니다.

일행은 흩어지고
자신을 알리는 외침
간간이 계곡을 울립니다.
위치를 서로 확인합니다.
그렇게
한 시간이 넘게 흐릅니다.

'싸리버섯'
연분홍 자연 그대로
처음 보는 싸리버섯
새로운 발견,
순간 행운을 예감합니다.

누군가
'물소리'
물소리가 들립니다.
모두 귀를 쫑긋 조용합니다.

위기 속 희망은
그렇게 싸리버섯과
같이 다가왔습니다.

위기 속에 본
'자연의 회복능력'
인간이 만든 길
한바탕 비로
산꾼을 숲 속의
미아로 만들었습니다.
수많은 세월의 흔적을
순간에 지워버릴 수 있는
자연의 위력을
몸으로 확인한
미로 속 산행이 되었습니다.

'미로' 같은
'묻지 마 범죄'
다양한 원인 복잡합니다.

경제불황
계층 간 갈등
사회적 소외감과 적대감
범람하는 음란물……
원인도 분명치 않습니다.
특별한 예방책이 있을 수가 없습니다.
책임 있는 당국도
분명하지 않습니다.

불안하고 답답한 것은 국민
국민은 경찰만 바라보고 있습니다.
국민의 안전
그것은
경찰의 소중한
책무이기 때문입니다.
경찰만이 희망입니다.

오르막
수십 미터가 험하게
파헤쳐진 흙을 보았습니다.
멧돼지의 절박한
생존의 아침을 보았습니다.

2012. 8. 25.

342

343

서른아홉 번째 편지

죽금산

(813.6m, 포천시 내촌)

겉으론
한없이 고요한 산
산들바람에 나뭇잎이
살랑살랑 흔들리긴 해도
끄떡도 하지 않는 산,
장수의
결연함을 보는 듯
과묵하기만 한 주금산
그 숲은
태풍 '볼라벤'의 상처로
신음하고 있었습니다.

부러진 나뭇가지
떨어진 도토리가
숲길 내내 널브러진 채
산의 질서는
흐트러진 모습 그대로
나

내 눈에 보이는 것이
다가 아님을 봅니다.

숲이
신음하는 것처럼
사회의
깊은 내면에는
어떤 아픔이 있는 걸까?
얼마나 병들어 있는지?
치유방법은 있는 건지?

도심에서
처참한 최후를 맞는
멧돼지
큰 몸뚱어리로
살아가기에 산은
먹이가 부족한가 봅니다.

산행 내내
온 산을 헤집은
흔적이 날 앞서 올라갑니다.
멧돼지의 힘든 삶
깊은 계곡
어딘가에
배곯은 멧돼지 가족들

새끼의
입을 틀어막고 숨죽여
사람이
다 지나길 기다리는
안타까운 상황은 아닐까?

오소리는
꾀가 있습니다.
굴 앞에 쌓인 며칠 분의
분뇨가 사람 눈을 끕니다.

어?
이상하다 할 때쯤
새로 판 굴이
풀뿌리에 위장된
오소리의
새집이 눈에 들어옵니다.

사람의
사악함을 피하기 위해
위장전술을 쓰고 있습니다.
몰래 훔쳐본 것처럼
미안한 마음
눈을 돌리고 말았습니다.

큰 바위에
말벌집이 있습니다.
사람의 손길이
닿지 않을 높은 곳입니다.

미물이지만
미물이 아니라는 생각
맨손과
머리만으로 겨룬다면 사람이
벌을 이기지 못할
거라는 생각도 듭니다.

벌집
건들지 마라.
말벌이 화나면 쏜다.
바쁜 계절
괜히 벌집 건들지 마라!
멀리 보일 듯 말 듯한
사진 한 장으로 끝냈습니다.

「또 옆집 아저씨였다」
어처구니없는
일곱 살
나주 어린이의 희생

이 사회의 큰
병폐가 또 드러났습니다.

원인도
알 수 없는,
범인만의 문제로
다 설명할 수 없는 것들
우리 사회의
부끄러운 치부 하나가 또
아동 성폭력……

이 지구 상에
가장 안정된 치안
가장 헌신적인 한국경찰
가장! 헌신!
이 수식어가
이렇게
허무하게 느껴집니다.

숲 속의 비밀보다
더한 사람 숲이 되었습니다.
경찰 뭘 했는지?
이해할 수 없는
사회 돌아가는 꼴입니다.

산은
잇단 태풍으로
계곡에 물이 넘치고
물가 숲은
가을 아랑곳하지 않는 듯
물봉선이 벌겋게
꽃을 피웠습니다.

또 다른
가을의 진객 버섯
독버섯, 먹는 버섯이 아닌
이제는
예쁜 버섯, 기이한 버섯으로
구별하고 싶습니다.

꽃처럼 보기만 해도
황홀한 버섯
따지 않고
사진만 찍었습니다.

장마 끝
몸이 더위에 진 것인가
정상 500m가
그렇게 힘이 듭니다.

몇 번씩
동반자에게 "힘들지?"
동의를 구합니다.
백을 세면 100m
5번 휴식을 하고
마침내 정상에 올라섭니다.
한계를 넘는 지혜입니다.

산상 오찬,
햇고구마
보라색 영양밥, 막걸리
묵은지 볶음이 푸짐합니다.
그런데 묘합니다.
손이
한곳으로만 가고 있습니다.

어린 배추로 담은 겉절이
약간은 신듯
약간은 달짝지근한 맛
누구지?
누구의 솜씨야?
"저의 어머니입니다."

그렇지
젊은 아내는
이 맛을 낼 수가 없습니다.

한국인의 맛
김치의 맛이 바뀌었습니다.
옛것이 그립습니다.

2012. 9. 1.

353

354

마흔 번째 편지

천보지맥(3)

(423m, 양주)

(축석고개~천보산)
일행은 곧바로
천보지맥을 올라탑니다.
소나무가 여전히
산을 지배하고 있습니다.
활엽수에
설 자리를 잃고 있는
우리 산

천보 능선 솔밭,
아마도 송우리(소나무가 울창한, 포천)
이름에서 보듯
예부터 소나무
생육조건에 남다른
요소가 있을 듯합니다.

산 흙은 마사토
상대적으로

활엽수는 뿌리를
내리기 어려운 조건입니다.
낙락장송 아니라도
소나무가 울창한 산
푸른 솔밭이 그립습니다.

산행 내내
평탄한 산행길은
발을 편하게 했고
길가에서 보았던 들꽃
달개비 꽃, 며느리밥풀꽃,
억새로 대별되는
가을의 들풀
풀 끝에는 작은 씨앗
햇빛 속 잘도 익고 있습니다.

살랑살랑 부는 바람
가을이
곁에 있음을 짐작게 합니다.
기이한 버섯
독버섯은 왜 이리 고운지
조물주의 심술에
나도
눈을 살짝 흘기지 않을 수 없습니다.

천북지맥의
계보를 알아보았습니다.
백두대간,
백두산~지리산 천왕봉까지 1,600km
한반도 등줄기를 말합니다.

대간에서
다시 동서로 뻗은
13개 산줄기를
정맥이라고 부릅니다.
이는 조선 영조대
실학자 여암 신경준의
'산경표'에서 유래합니다.

한북정맥,
백두대간에서 뻗은
한강 이북의 산줄기로
백두산 기점 1,120km 지점에서 출발
백산, 국망봉, 운악산,
죽엽산, 축석령, 불곡산,
사폐산, 도봉산을 지나
파주 교하의 장명산까지
장장 220km(도상)
산줄기를 말합니다.

천보지맥,
백두대간의
13개 정맥에서
다시 뻗은 154개 산줄기 중 하나로
천보산(의정부, 336.8m)
백석이고개, 탑고개,
석문령, 어하고개, 회암고개,
천보산(주봉, 423m)의
장장 14.5km를
가리키는 이름입니다.

출발지
축석고개(령)는
한북정맥에 속하고
천보지맥과
소요·왕방지맥이 갈라지는
분기점이 되기도 합니다.

10시부터
오르기 시작한 산행
13시 30분이 되어 주봉에
도착했습니다.

특별한 날

신청사 입주를 앞두고
녹슨 철판 표지석 대신,
우리의
경기경찰청 천보산악회
이름의 정상 표지석을 세우고
천보산 산신께
2012년 9월 10일
새집 입주를 고하였습니다.
그리고
제를 올리고 다짐했습니다.
「주민의 행복이
우리의 희망입니다」

천보산,
어느 임금님이
구사일생 생명을 보존한 뒤
상으로 하사한 이름
「천」「보」「산」

다시 생각해보았습니다.
무엇이 하늘 아래 보배일까?
부와 명예 성공 쟁취일까?
무엇인가 부족했습니다.
문득 「사람」이 아닐까?

석가모니는
모든 사람이
부처가 될 수 있다고 가르쳤습니다.
하나님은
사람을
죄에서 구원키 위해
독생자 예수를 이 땅에 보내셨습니다.
사람이
하늘 아래 보배인 증거입니다.

경찰정신
희생과 봉사,
남(사람)을 위한
진정 보람 있는 삶입니다.
그래서
'천보'
주인은 경찰정신입니다.
이제
주인이 천보산에
제자리(터)를 잡았습니다.

낡은 이정표
거리표시가 없습니다.
더 묻지 마라.

더 보려고도 하지 마라.
답은 너 자신에게 있다.

네 안에서
진정한 삶
진정한 의미 가치 있는 삶
바로 희생과 봉사의 삶에서
너 자신을 찾으라.
말하고 있는 듯하였습니다.

2012. 9. 8.

마흔한 번째 편지

백봉산

(589.9m, 남양주)

한북정맥에
속해 있는 백봉산
거목 노송이
눈에 띄게 많았습니다.

조선왕실의 마지막
고종황제와 순종황제
'홍유릉'
덕분이 아닐까 생각해보았습니다.

하산 중에
'물박달나무'를 보았습니다.
박달나무
개박달나무, 물박달나무
모두 형제로 자작나뭇과입니다.

그 외
자작나무

사스래나무, 거제수나무
모두가 참나무목 자작나뭇과
나무임을 검색을 통해 알았습니다.

신단수,
단군신화 속
신단수는 '자작나무'다
아니 '박달나무'다
학계에는
두 학설이 나뉘어 있습니다.

백두산에는
자작나무가 많아
하늘에서 내려온 환웅이
자리를 잡고 통치한 신단은
자작나무 아래라고
보는 것입니다.
반면
신단수의 단자가
박달나무 '단' 자입니다.
신성한 박달나무 아래
신단(고대 사회는 신정일치)을 마
련하고
아래에서 통치했다고

보는 것입니다.
정확히
검증할 수 없는 설입니다.
생각해보면
박달나무도 자작나뭇과이지만
자작나무의 색과 성품,
백두산에
많은 자작나무에
나는 손을 들겠습니다.

민원실 옆
100여 그루의 규모 있는
자작나무단지가 조성되어 있습니다.

자작나무는
암수 한 그루에
수피는 희고 종이처럼 얇게 벗겨져
불붙임(예식장의 화촉)용으로 쓰이고
자작나무 껍질은
글과 그림을 그렸습니다.
신라고분
천마총 벽화가
자작나무에
그려진 것입니다.

목질은
단단하고 결이 좋으며
벌레가 타지 않습니다.
해인사 장경각의
'팔만대장경'
경판으로 사용되기도 하였습니다.

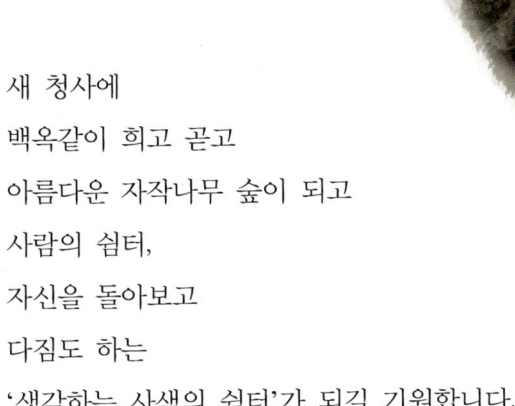

새 청사에
백옥같이 희고 곧고
아름다운 자작나무 숲이 되고
사람의 쉼터,
자신을 돌아보고
다짐도 하는
'생각하는 사색의 쉼터'가 되길 기원합니다.

남양주
시청 앞이 출발지입니다.
몇 발짝 옮기는데
철을 만난 쑥부쟁이
꽃은 소박하고
주변은 화려하기만 합니다.

어린 시절
그 '풀무치'가
재주를 뽐내기라도 하듯
푸르륵 푸르륵
한껏 뛰어오릅니다.

자연이 살아 있는
백봉산
흙은 차지고 발은 편안하고
우람한 노송은
'산은 덕이 높다' 말합니다.
주변 사람들 쉼터
사람을 위한 산입니다.

산 아래
○○힐스 CC
녹색 잔디가
그림 같은 최고급 골프장
사람이 눈에 띄지 않습니다.
누군가
"회원권이 없으면
입장할 수가 없습니다" 한다.
사람이 없는 것
사람 차별하기 때문입니다.
딱한 사람살이입니다.

자연을 모르는
자연을 배우지 못한 사람들
분별심 때문일 것입니다.
천마산
관음봉이 연해 있습니다.
운길산 예봉산
연해서 백봉산이 있어도
하나하나의
멋과 품격이 살아 있습니다.

좀 낮고
좀 다른 흙에
좀 다른 나무가 자라도
하나같이
또 오르고 싶은
매력이 있는 산입니다.

태극기가
올림픽경기장 입구처럼
양쪽에 세워진
'쉼터'를 막 출발했을 때
한 가족이
눈에 들어옵니다.

369

아들은 천방지축
딸과 아빠는
소곤소곤 다정한 얘기로
산을 오릅니다.
아빠 손은 딸의 어깨에
딸의 손은 아빠 허리에
서로를 의지하고 있습니다.
따뜻한 사랑
사람 사는 정이 넘치는
가족을 보았습니다.
행복의
느낌이 파란 하늘처럼
오래 남을 산행이었습니다.

8.1km 산행
14시 30분 출발
17시 30분에
마치터널에서 끝났습니다.

2012. 9. 15.

마흔두 번째 편지

국망봉

(1,168m, 포천 이동)

국망봉,
1,168m 정상에
두 발을 딛고
화악산, 명지산
경기 3봉을 품는 순간
한 생각이
막막했던 가슴을
확 풀어주었습니다.

새 청사에
주민과 경찰관 동료의
행복과 희망을 담아낼
「주민의 행복이
우리의 희망입니다」
'삼여' 선생의 글을 걸었듯

우리의 기상을 세우고
천보산 보배를 담아낼

「경기 3봉의
위용을 그린 상징물」
기본 틀을 찾은 산행입니다.

영감을 얻은
가을꽃 야생화 길
신로령~정상 구간
해발 1,000m를 오르내리는,
한북정맥
90분간 능선을 걷는
국망봉 산행이었습니다.

하루 전
휴양림에 들어왔습니다.
모닥불을 피우고
물소리를 들으며
별빛 아래 푹 쉬었습니다.

천 고지가
넘는다는 심리적 부담,
오래전
국망봉 산행계획을
받아본 순간
조급하게 올라선 안 된다.

375

예사롭지 않은 느낌과 '감'
충분한 시간
단단한 준비를 하고
가슴에 담을
온전한 산행을 하겠다.

다짐을 그때 하였습니다.
신로령을 지나
12시 30분(4시간)
국망봉 정상 도착
표지석 앞에 섰습니다.
두 발로
나를 굳건히 세우고
이정표를 따라
사방을 눈으로 둘러봅니다.

동, 동남방으로 우뚝 선
경기 제1봉 화악산(1,468m)
경기 제2봉 명지산(1,252m)
위용이 대단합니다.
경기 제3봉 국망봉(1,168m)

경기 3봉은
포천 이동면,

가평 북면과 남면,
삼각구도를 이루었습니다.

뭉게구름의 비경
보지 않고 느낄 수 없는 감동
내 말과 글로는
다 표현할 수가 없습니다.

「한번 올라보세요!」
'말나리'
꽃 색이 붉은 주황색
지난여름 인상 깊은
첫 대면을 하고
검색을 통해 안 이름
말나리 꽃

벌써 열매를 맺었구나!
하는데
꽃이 하늘을 향해 피는
'하늘말나리'도 있습니다.

옆에 따라오던
백령도 출신의 김정택
(국망봉 산신령)의
한마디는 내 입을 닫았습니다.

산행 내내
국망봉 야생화 공부에
한순간도
눈과 코와 귀를
쉬게 할 수 없었습니다.

'개똥쑥'을 달인
물 한 병을 건네줍니다.
국망봉 개똥쑥 맛이 씁니다.

처음 만난
'포천 구절초'
포천이 원산지
가을꽃 열여섯
흰 꽃잎이 아름답습니다.

'배초향'
꽃 향이 코를
강하게 자극합니다.
머리를 맑게 해
베갯속으로도
쓰이는 보라색
꽃송이가 소담스럽습니다.

'투구꽃'
꽃 모양이 투구모양
무리 지어 피는 꽃
색은 가을 하늘색입니다.

'고려엉겅퀴'
갈고리 모음 꽃술
색은 보라색
꽃 색과 유선형 잎
귀인을 보는 느낌입니다.

'금강초롱'
국망봉의 수많은 야생화
그중 으뜸은 금강초롱입니다.
연보라색 초롱
국망봉 꽃 중의 꽃이라
부를 만합니다.

멸가치, 용담, 단풍취, 벌개미취,
쑥부쟁이, 가시쑥부쟁이,
마타리, 자주방망이, 수리취,
산부추, 여뀌, 둥근이질풀, 흰진교……

국망봉,
1,000년 전
태봉국 궁예왕이
건국의 초심을 잃고
폭정에 빠졌을 때,
간언을 마다하지 않는
왕비 강씨를
궁예는 귀양 보냈습니다.

왕건에 패한 궁예
잘못을 뉘우친 뒤
다시 찾았을 때
왕비는
세상을 떠난 후였습니다.

궁예가
산 정상에 올라
왕도 철원(국)을
슬피 바라보(망)았던 산입니다.

누구든
초심을 잃으면 안 됩니다.
초심의 의미를
생각게 하는 가르침입니다.

2012. 9. 22.

마흔세 번째 편지

죽엽산

(610m, 포천)

소흘에서
진접으로 가는 국도
차량통행이 적어
차의 속도감도 느끼고,
파란 하늘
가을 소풍 가는 날
죽엽산 산행길입니다.

이때
황홀한 들녘
벼가 익어가는 들판이
눈에 들어옵니다.
어릴 적
'논산평야'만은 못해도
분명 벼가
익어가는 들녘은
황금빛 물결
가을이 완연했습니다.

국도 변
죽엽산 마을 입구
서울 차가
막 도착하는데,
배낭을 멘
낯선 사람들에게
주민 서너 사람
말을 건네며 다가옵니다.

등산로 입구
묻지 않아도
산 입구를 가리켜줍니다.
(우리의 인사)
"안내 감사합니다."
"아니지요,
(우리 동네 찾아주니) 우리가 고맙지요."
오랜만에 들어보는
인심이 묻어나는
정겨운 인사를 들었습니다.

서울 근교에도
사람 냄새가 나는
죽엽산 마을이 있습니다.

죽엽산 유래,
토정 이지함
(1517~1587, 선조대 철학자)이
포천 현감(시장)이던 시절
'진목리(죽엽산 아래 자연부락)'가
수해를 자주 입자
현감이
지역의 산(지금의 죽엽산)을
직접 둘러보고
산 정상 부근에
샘물이 있는 것을 발견
댓잎으로 이를 막았습니다.

이후로
수해가 줄고
풍년이 들어
가난을 면했다는 전설
마을회관 옆
비문의 설명입니다.

국민중심
현장제일 치안행정,
실천하는 철학자 목민관
'토정' 선생의 가르침입니다.

마을 골목길,
담 옆에 서 있는
알이 촘촘히 박힌 해바라기
마을 뒤
등산로 입구
언덕에는 들깨밭
밭두렁에는 잘 익은 호박
담 뒤에
밤나무 알밤이 터지는 소리
작은 계곡에 놓인
썩음 썩음한 나무다리…….

추석 아니라도
시골 마을의

가을 풍경이 참 정겹습니다.

우르르 달려들어
떨어진 밤,
인정을 한 주먹 훔쳤습니다.

나중에
주인에게 혼날 때는
혼이 나더라도
한 주머니 밤을 주웠습니다.

세월은
얼마나 흘렀을까?
나무다리는
거무튀튀한 색깔
여러 해 바람과 서리를
맞은 티가 물씬 풍깁니다.

비 온 뒤,
밭에 가실 때 건넜을
꼬부랑 할머니
외나무다리
고마운 다리
할아버지의 걸작입니다.

노송지대
수백 년 노송은
근정전 뜨락에 세워진 '품계석'
(좌우 각 12품, 3품까지 정종 구분 6품,
4~9품은 정종 구분 없이 6품으로,
좌 문신 우 무신, 총 24품
24절기를 뜻합니다.)
같은 권위가 묻어납니다.

거침없이 자란
품격 있는 소나무를 보고
선비의
기상을 느끼고 배웁니다.
다행히
솔밭 아래는
수백 년 내리 쌓이고 썩은
산 나무들의 거름이 되는 낙엽
덕이 높아
사람 발길을 편안하게
받아줍니다.

간혹 미끄럼을 타긴 했어도
수북한 낙엽
부족함이 없는 숲
후덕한 양반댁 며느리 같은
부덕을 갖추었습니다.

능이, 송이,
싸리버섯은 따지 못했어도
숲 속을 걷는 맛은
송이 향보다 맛이 있습니다.
숲의 행복을
마음껏 누렸습니다.

10시 30분 출발
13시 50분 도착까지
보호구역 내
자연인으로
숲 속의 일부가 되었습니다.

국망봉
정상에서 보았던
투구꽃을 보았습니다.
한 번 본 것을
다시 찾기는 쉽습니다.
그만큼 학습효과가 있지요.

화려한 천문동
수려한 투구꽃은
오늘의 대발견 기쁨입니다.
국립수목원
보호림의 존재 이유를
알 만했습니다.

2012. 9. 29.

마흔네 번째 편지

천보지맥(4)

(17km, 양주)

우리 산에는
산신이 있습니다.
할머니 산신
할아버지 산신
할머니 산신은 자애로워
백성의 고통도 듣고
빌면 소망도 이루어줍니다.
모든 산신은
무서운 호랑이도 됩니다.

산신은
눈에 보이지도
몸을 나타내지도 않으면서
애·어른 할 것 없이
아귀의 방해로부터
세상을 보호하고
사람의 안전을 지켜줍니다.
경찰이
산신 호랑이를 닮았습니다.

"법륜 스님!
산신이 있습니까?
산신이 없습니까?"
"산신이 어디 있노!
다 네 마음에 따라
있기도 하고 없기도 하다!"

잘되었습니다.

내 마음속에
천보산 산신령 호랑이를
한 마리 키워야겠습니다.

천보산
아침 운해는 장관입니다.
신비스러운
산과 운해의 어우러짐
살아 숨 쉬는
천보산맥 비경을 만듭니다.

아침
동이 트기 전
산색은 파스텔 청색
흰 구름 속

살아 숨 쉬는 듯
사뿐히 날아오르는 듯
한 폭 산수화 그대로입니다.

주봉 표지석
그 앞에 서서
산맥을 따라
천천히 눈을 따라갑니다.

회암고개, 천보정,
어하고개, 축석고개,
돌고개, 탑고개, 천보산(청사 주산)
포천·양주를 가로지른
'천보산맥'을 바라다봅니다.

운해를 휘감고
흐르는 기운 따라
청룡의
거대한 움직임을 보고 있는 듯합니다.

장장 17km
주봉을 출발하기 전
회암사
무학대사 부도 앞

인증샷으로
천보산맥 종주를 고했습니다.
5,000 동료의 기원 속
엄숙한 의식이었습니다.

가을 산
숲 속은 벌써 가을
낙엽이 반은 떨어졌습니다.

스산한 바람
드문드문 눈에 띄는
때 이른 달맞이,
포천구절초, 두메부추,
고들빼기 노랑꽃
가을바람 앞
꽃은 참 아름답습니다.

산줄기
흐름이 기이합니다.
도화지에
컴퍼스를 크게 벌려
정교하게 그린 반원형
능선 따라
용의 돌기 같은

볼 때마다
발걸음을 멈추고
앞뒤 돌아가며 셔터를
누르게 하는 코끼리 바위
코끼리만큼
듬직한 바위가 있습니다.

북녘 산에
흔한 노간주나무
형상도 엉성하고
잎도 침엽수라
붙임성도 없어 뵈는
노간주나무 한 그루
유독 눈길을 사로잡습니다.

봉오리가 10여 개
짐을 잔뜩 실은 트럭이
통행하는 포장 고갯길이 2
굽이굽이
나무등짐 지고나 넘을 길 2
유서 깊은
어하고개 지나면
코끼리가
물속에 깊이 코를 박은 듯한 형상
코끼리 바위가 있습니다.

깔보지 마라!
노간주나무도
저 자라기 나름이다!
혼자 외쳐도
산을 쩌렁쩌렁 울릴 듯한
당당한 외침을 들었습니다.

흙은
메마른 마사토
곳곳에서
나뭇등걸에 붙은
이끼를 볼 수 있습니다.

남녘처럼
습도가 높지도 않은 곳
천보산 나무에 붙은
이끼를 보면
천종산삼도
얻을 수 있는 명산입니다.

7시 10분 출발
6시간 넘는 시간
종주 막바지
금오동 천보산을 올려보며

마당바위에 선 채로
5분간 숨 고르기를 합니다.

정상을 향한
굵은 로프가
힘을 보태려는 듯
힘내라는 듯 격려를 합니다.
마지막
통신탑을 올려보는 순간
그보다 높은 하늘
푸른 하늘이 환히 웃습니다.

누군가
손을 펴 환영을 하고

나는 하이파이브를 합니다.
13시 50분.
신청사 입주를 자축하고

「주민의 행복이
우리의 희망입니다」를
다짐하는
산행을 마무리했습니다.

2012. 10. 6.

마흔다섯 번째 편지

명지산

(1,267m, 가평 북면)

아침 공기가
참 좋았습니다.
신선한 건 가슴뿐이 아닙니다.
눈과 코와 귀와 입과
온몸으로 느껴지는 감이 상쾌합니다.

산중 세월
계절의 변화는 벌써
가을의 문턱을 넘어
초겨울로 들어서고 있습니다.

앞 화악산 뒤 명지산
아랫마을
'태양 빌리지'는
맑고 깨끗한 사람들 세상입니다.

지붕꼭대기
멀리 북쪽에서 온 진객
까악 까악
까마귀의 아침 인사

404

막 시작된 단풍
정신을 맑게 하는 산 기운
펜션의 아침
산책 나온 사람은
금방 자연과 하나가 됩니다.

산상의 경험
시야를 멀리 보는 것
멀수록
달라지는 산색의 변화
파란 가을 하늘
하늘에 펼쳐지는 구름 쇼
산과 구름이 만드는 동영상
사람은 그저 바라만 볼 뿐입니다.
문득
감동의 의미를 알게 됩니다.

그때
자연과 하나이고 싶은
내 안의 나를 발견하게 됩니다.
물소리 따라
명지폭포를 향합니다.

눈은 멀리
정상을 가늠하고
발은 돌부리를
하나씩 밟고 나아갑니다.

계곡의 단풍은 붉고
물소리는 아름다운 음악
명지계곡
맑은 물에 소리와
붉은 단풍잎을 띄워 한 모금 마십니다.

앞서 가던
혜원이가 말합니다.
"정상은 역시 쉽게
보여주지 않는 것인가 봅니다."
이제 막 시작인데
해발 천 고지가 부담스러웠나 봅니다.

승천사 일주문
승천사 미륵불
미륵불은
관촉사 '미륵불'을 닮았습니다.
거대한 석불은 머리가 반입니다.
생각해보면
큰 머리에 삶의 지혜를

가득 담으라는
법문을 하고 계신 걸 눈치챘습니다.

명지산(밝을 明, 지혜 智)
명지산이 높은 건
천 고지를
점령하라는 뜻이 아닐 겁니다.

밝은 지혜를 생각하고
땀과 고통과 인내를 통한
나와 세상을 품는
지혜를 말하고 있습니다.

명지 제4봉
화채바위(1,079m)부터는
고산지대
꽃과 나무색이 벌써 다릅
니다.
투구꽃을 끝으로
더 이상 꽃을 보지 못했습니다.

나뭇가지 뒤로
화악산, 명성산, 국망봉
운악산, 연인산이 눈에 들어옵니다.

누구는
강원도 산 이름까지 말합니다.
산에
어디 강원도, 전라도,
경상도 경계가 있겠습니까?
사람이 만든 경계?
괜한 생각이 후회스럽습니다.

대구에서 온 억센 사투리
그들도
와자지껄 도시락 김밥으로
명지산 가을 속에 폭 빠졌습니다.
우리와 똑같습니다.
자연 속에 그냥 하나였습니다.

산은
오를 때보다
내려오는 길이 위험합니다.
다리가 풀리고 정신도
산만해지기 쉽기 때문입니다.
산은
오를 때가
느낌도 감동도 보이는 것도
그리고 생각도 힘든 만큼 많아집니다.

오래전
명을 다한 고목을 보았습니다.
나무의 종류도 나이도
언제 죽었는지도 알 수 없습니다.

고목은
죽어서도 기품을 잃지 않았습니다.
살았을 때 아름다움도
위엄도 그대로 살아 있는 듯합니다.
말 없는 가르침
고목은 한마디 훈수를 합니다.
'사람 또한 그러하리라.'
너에 대한 평가 또한
조직을 떠난 뒤에 평가될 것이다!
떠난 뒤가 더 두렵습니다.

1,267m
정상에는
태초 이래 그 바위
수령을 알 수 없는 구상나무가 있고
모든 산이 그렇듯
모든 산은 정상(나)을 바라보며
머리를 조아리는 형상입니다.

사람들은
앞뒤를 오가며 사진을 찍고
차례를 기다립니다.
다녀간 사람은
울긋불긋 리본을 달아놓았습니다.
모두가 제 영역
욕심을 나타내려는 짓들입니다.

정상에서는
설마에 속으면 안 됩니다.
바람은 거칠고
한겨울 추위는 더 매섭습니다.
오래 있겠다는
욕심이 지나치면 죽을 수 있습니다.

산은 정상부터는 위험합니다.
산은 내려놓는 곳이라 가르치고 있습니다.
정상은 오래 머무는 곳이 아닙니다.
산행길
사진을 다시 보니
어림없는 글재주가 야속하기만 합니다.

낙엽 쌓인 산길
맑은 물소리

맑고 투명한 햇살은
둔한 필력을 스스로 원망케 합니다.

익근리 8시 출발
정상 12시 도착
아재비고개(연인산 경계) 1시 50분
백둔리 2시 45분 도착
11.5km 6시간 45분의 긴 여정입니다.

북면 백둔리
사과밭에 사과가 익어갑니다.
가평 맛있는 사과
차를 멈추고 향에 취했습니다.
사과 향보다
향기로운 명지산 산행
산삼과 능이 욕심을 버렸기 때문 아닐까 생각합니다.

2012. 10. 13.

412

마흔여섯 번째 편지
화악산 중봉
(1,423.7m, 가평 북면)

"다 왔다!"
출발 후 서너 시간
쉼 없이 산길을 오르면
몸은 지치게 마련이지요.
누구 할 것 없이
정상에
어서 발을 올려놓고 싶어집니다.
아무리 산을 좋아해도
육체적 한계는
어쩔 수가 없기 때문일 겁니다.

그때
튀어나오는 말,
파란 하늘만 보아도 나오는 말
"다 왔다."
그러나 '정상'은
다 온 것이 아닙니다.
어쩌면 꼭 반을 왔을 뿐입니다.

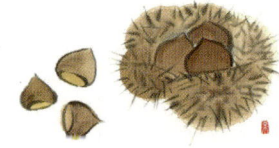

산은
오른 만큼
반드시 내려가야 하니까요.
산에서 묻지 않고도
온몸으로 배우는 가르침입니다.

태양 빌리지 2204호
국정감사를 수감하고
도착한 시간은
밤 10시가 넘었습니다.

아직까지
기다리는 만찬
향기로운 능이백숙(가평 햇능이, 토종닭)
만찬은
연천 열무김치
어머니 표 포천 포기김치에
30년 숙성된 원액 위스키로 화려합니다.

경기 3봉 마지막
화악산 등정을 앞둔
산 사나이들의 열정
진한 우정, 의리에
더 이상
보탤 것이 없어 보였습니다.

별을 보고
오랜만에 별똥별이
떨어지는 것을 보았습니다.
누구는
초승달, 달을 사진 찍으려 했습니다.
산은 어린이 감성을 선물합니다.

산마을 입구
들깨밭이 딸려 있는
언덕배기 작은 집
집주인의 성품을 알 만합니다.
발걸음이
눈치를 챘는지 걸음을 멈춥니다.
사진을 찍었습니다.

계곡의 물도

가을에는 비취색
물색과 맛이 다릅니다.
보는 이도 기분이 산뜻합니다.
멀리
보이는 화악산 중봉
가까운 듯 멀고
아직은 본래 모습을 감추고 있습니다.
만만치 않은 산
경기 제1봉이 아니던가?

피란 하늘 붉은 단풍
빛나는 햇살
계곡 물소리에 빠져봅니다.
낙엽 위에
메뚜기를 보았습니다.
가여운 메뚜기

사진 속 수명을 10년쯤으로 늘려줍니다.
산에서
사람을 만나면 반갑습니다.
수고하십니다!
어느 쪽에서 올라오십니까?
뻔한 질문
그것은 반갑다는 인사입니다.

산은 힘이 듭니다.
체력의 바닥까지 요구할 때가 많습니다.
이때 생각하게 됩니다.
산에는 왜 오르지?
내가 이 산에 또 올 수 있을까?
나 혼자서도 올 수 있을까?
하나씩
스스로 대답을 합니다.

왜?

산은 묻지 않는 지혜를 주니까.

또?

한 번 오른 산은 반드시 다시 온다.

혼자도?

물론 혼자는 어렵다.

동행이 있다면

산은 다시 부를 것이다.

산은 같이 오르는 것입니다.

중봉

정상 100m 앞

'건들내 방향'

작은 이정표가 눈에 들어옵니다.

화악산 정상 1,468m

화악산 중봉 1,423.7m

정상에는

군 통신 시설이 있습니다.

유럽의 어느 고성처럼

산 정상에 위치한 군부대 시설입니다.

갈 곳 몰라
방황하는 듯
기압골에 갇힌 흰 구름은
정상 중봉 매봉과 함께
환상적인 광경을 연출하고 있습니다.

출입금지!
총을 멘 병사가 늠름합니다.
꼭 33년 전
동부전선 전방부대,
저 병사처럼
국가의 부름에 따랐던 적이 있습니다.
이제 내려가야 할 때가 온 듯합니다.
정상은
역시 오래 머무는 곳이 아닙니다.

'긴급뉴스'
만약 도발을 한다면
즉각 원점을 타격하겠다.
임진각
대북 풍선 날리기(선전용 북송 삐라)
북(한)의 군사적 타격 협박에 대한
우리 군 당국의
강력대응 의지표명입니다.

중봉 하산길
때아닌 '긴급상황'
애기봉을 뒤로 한 절벽코스를 내려옵니다.
경찰 대책회의
낙엽에 미끄러지듯
그렇게 30년을 넘게 살아왔습니다.
낙오 방지를 위해
걸음이 느린 동료를 선두에 세웠습니다.
임진각까지는 2시간
머뭇거릴 여유가 없었습니다.

중봉에서 만난 초병.
휴전 60년 우리의 현실입니다.

더
오를 목표가 사라졌습니다.
경기 제1봉 화악산을 내려왔습니다.

8시 안갯속 출발
3시간 30분 만에 중봉 정상 도착
관청리 출발지로
돌아온 시간은
14시 30분입니다.
12km, 6시간 30분 산행을 끝냈습니다.

그러나
화악산이
경기산행 마지막 산행이란
말은 끝내 하지 못하였습니다.

감사합니다.
산행 같았던 32년 무사고 감사합니다.

2012. 10. 20.

임승택

동국대학교 경찰행정학과 졸업
동국대학교 대학원 경찰학 박사

서울청 101경비단 경비과장
마포경찰서장
홍성경찰서장
서울청 기동단장
경찰대학교 교수부장
G20 경찰기획팀장
경찰청 경비국장
전남지방경찰청장
경기지방경찰청 2차장

산에서
묻 고
산에서
듣는다

초 판 인 쇄 | 2013년 1월 3일
초 판 발 행 | 2013년 1월 3일

지 은 이 | 임승택
펴 낸 이 | 채종준
펴 낸 곳 | 한국학술정보㈜
주   소 | 경기도 파주시 문발동 파주출판문화정보산업단지 513-5
전   화 | 031) 908-3181(대표)
팩   스 | 031) 908-3189
홈 페 이 지 | http://ebook.kstudy.com
E-mail | 출판사업부 publish@kstudy.com
등   록 | 제일산-115호(2000. 6. 19)

ISBN   978-89-268-4034-4 03810 (Paper Book)
           978-89-268-4035-1 05810 (e-Book)

이담
books 는 한국학술정보(주)의 지식실용서 브랜드입니다.